陋室墨染书香浓

彭小平 著

上海文艺出版社
Shanghai Literature & Art Publishing House

图书在版编目（CIP）数据

陌室墨染书香浓 / 彭小平著 . -- 上海：上海文艺
出版社 , 2023
ISBN 978-7-5321-8843-7

Ⅰ . ①陌… Ⅱ . ①彭… Ⅲ . ①散文集－中国－当代
Ⅳ . ① I267

中国国家版本馆 CIP 数据核字 (2023) 第 204073 号

发 行 人：毕　胜
策 划 人：杨　婷
责任编辑：汤思怡
封面设计：悟阅文化
图文制作：悟阅文化

书　　名：陌室墨染书香浓
作　　者：彭小平
出　　版：上海世纪出版集团　上海文艺出版社
地　　址：上海市闵行区号景路 159 弄 A 座 2 楼
发　　行：上海文艺出版社发行中心发行
　　　　　上海市闵行区号景路 159 弄 A 座 2 楼 206 室　201101　www.ewen.co
印　　刷：三河市华东印刷有限公司
开　　本：797×1092　1/16
印　　张：17
字　　数：253 千
印　　次：2024 年 1 月第 1 版　2024 年 1 月第 1 次印刷
I S B N：978-7-5321-8843-7/I.6970
定　　价：78.00 元

告读者：如发现本书有质量问题请与印刷厂质量科联系　T:0316-3312202

目 录 CONTENTS

亲情时光

旅观世界

思有所悟

立言咏志

亲情时光

母亲节通话纪实

清晨，我给妈妈打去了电话

妈：喂，儿子，你吃早饭没有
儿：妈，我想回老家看看
妈：儿子，今天空气很好
　　你快回来吧，儿子

妈把电话挂了
一会儿
我的手机铃声响了
来电显示妈妈的电话号码

儿：喂，妈
妈：儿子，一定要把某女子
　　（指我夫人）带回来哈
　　上次她没与你一起回家
　　我有两个月没见到她了
　　很想她哩

妈把电话挂了
一会儿
我的手机铃声响了
来电显示妈妈的电话号码

儿：喂，妈
妈：儿子，你千万别买东西回来哈
　　家里吃的穿的用的都剩到那儿
　　我和你爸经常说可惜了

妈把手机挂了
一会儿
我的手机铃声响了
来电显示妈妈的电话号码

儿：喂，妈
妈：儿子，你给师傅说，车开慢点哈
　　从高速公路出来后
　　到镇上和乡下的公路都烂得很
　　不要把你们抖着了哈

妈把电话挂了
一会儿
我的手机震动了
来电显示妈妈的电话号码
我正要接听时，手机不振动了
村口望见半山坡上老屋及炊烟
望见妈妈站在院坝边向我们挥手

我赶紧拨通了妈妈的电话

妈：喂，儿子，我刚才打你电话时
　　看见你车开进了村里头，我就挂了
儿：妈，我说了无数遍了，我回家时
　　你不要去杀鸡炖汤等什么的
　　为什么灶房上这么早在冒烟呢
妈：嘿嘿，儿子，我让你爸赶场去了

妈把电话挂了
一会儿
我的手机震动了
来电显示妈妈的电话号码

儿：喂，妈
妈：儿子，我晓得你要转去接你爸
　　我让他只买你小时候最爱吃的
　　红苕凉粉和胆水豆腐
　　孙子孙女们早上都给我打了电话
　　说祝他（她）们爸爸的妈妈节日快乐
　　嘿嘿，我晓得你这次回来
　　是陪我过节
　　我把土鸡和芋头炖好了
　　把你平时回来喜欢
　　吃的清汤挂面
　　用的藿香韭菜准备好了
儿：喂，妈……

一哽咽，我没有继续说别的话

妈：儿子，接到你爸后早点回来哈

妈把电话挂了
一会儿
我拎着驱蚊药清凉油
藿香正气液蒲扇遮阳伞和降暑茶
与爸爸妈妈满含热情地相聚了
朋友，谨借母亲节之机会
恭祝慈爱无私、终身牵挂
勤劳节俭、相依为命的
您的父母及天下父母：
幸福吉祥！永远安康！

2015 年 5 月 10 日

鲜花生

昨日上午，回乡下探望父母。

途经移山乡政府驻地，逢场，我顺便买了一些肉食蔬菜和刚出土的鲜花生带上。

沿途，此前翠绿的树叶花草已然成熟，金黄的稻谷业已收割。毕竟，时间已到了初秋的季节。

我和朋友一行走进了院子里，大门双开着，未见到父母，便兴致地呼喊，父母双双惊喜地出门相迎。

当我把同行的好友介绍给父母时，妈妈嗔怪地说："你平时回来可以不打招呼，不麻烦我们，但是，你邀了朋友回来，我们就应该准备好一点的饭菜。"我说："妈，与我平时回来一样，韭菜煮挂面，因为我交的都是好朋友。"妈妈听后，脸上立马现出了尴尬和愠怒的神情。

好友见此，急忙热情地向妈妈解释和劝说，妈妈高兴了，把我们迎进了堂屋。

妈妈问我，村上把堰塘（房屋左侧边的老堰塘，正在整修）修好了，她和爸爸可不可以在里面放鱼。我说可以，但是，等鱼长大了，要分给全村乡亲们吃。妈妈笑了，说："养不了那么多鱼，分不够，我们向村上缴租金，以后养起鱼就让你们拿去吃。"我喉咙里虽然没有什么东西堵塞，却突然说不出话来。妈妈继续说："我听说经常吃鱼的人很聪明，你和孙子孙女们以后要多吃鱼哈。"

不知怎么回事，我心里突然痉挛抽搐，肺部的一股气流涌上眼帘，我赶紧离开妈妈的视线，让心绪稍事平静。

爸爸说，以后多邀请我的好朋友来老家耍，这里山好水好空气好，他和妈妈非常欢迎和喜欢我的朋友，但回来之前，一定要给他们打电话，他们好准备一些简单的酒菜和茶水。爸说得今次与我同行的朋友十分欣喜。

告别时，妈妈让我把买的鲜花生带回去，我说我专门为他们二老买的，让她在泉水里放上少量盐，煮了吃。妈妈笑眯眯地回答，她和爸爸的牙齿已嚼不动这鲜花生咯。

听到妈妈说她们牙齿嚼不动了，我心里为之一震。平时虽然经常回老家看望二老，虽然常常将父母惦记牵挂，但我却一直认为父母永远是那样刚强和坚毅，永远是那样身强力壮。

牙齿嚼不动鲜花生了，这句话扯得我心里隐隐作痛……看来，以后我得用更多的时间回老家陪伴爸爸和妈妈。

2016 年 9 月 11 日

穿过山雾回故乡

清晨，浓浓的雾霾深深地紧贴在窗外，将院里的景观绿树缠绵得若隐若现，两者本来相互投错了怀抱，却显得分外亲密。

忙完办公室事务，便迫切回乡看望父母。

轻车破开层层雾缦，碾过城市的街巷，在乡村道路上吃力地爬行。混沌的天气，在城市的边缘断然退却了灰霾，留下洁净的山雾，翩然在空中悬浮。

行进在沟里，这雾，簇拥着小车如潜艇在水中款款巡弋；缓驰在山峰，这雾，笼罩着壑谷若江湖翻卷白浪。山雾疏过树木劲草，凝结的露珠挂在其枝叶上，透亮晶莹。山雾遮掩的禾苗菜薇，隐约似水藻在雾海里悠晃招摇。这山雾浸润过的空气，清新入肺，神情舒爽。

别样的天气，布置着独特的风景，已然让我忘却了迫切归乡的心在蜿蜒的山路上磋磨。

家乡快到了，山雾缭绕着房前最为熟悉的小路，小黑狗跟着小黄猫从乳色的雾中窜出，摇头摆尾地向我奔来，轻吠相迎。院坝边，好像打开的电视收不到节目而出现雪花的画面中，隐隐浮现两位最为熟悉的身影，那是我心牵情盼的爹娘。他俩听到狗叫而出门窥看，认清从雾中走近他们的是我，热情地招手，亲切地呼喊着我的乳名，唤起我心里的热浪，顿时滚滚蒸腾。

看见爸妈穿着沾有泥土的衣服和鞋子，便愠问二老，爸爸微笑不语，妈妈回答说从地里干活归来。我惊疑，在这深冬最闲的时节，有什么农活可做呢？迟钝地思忖片刻，猛然想起，一辈子勤苦劳动的父母，总会天天找活干，哪怕是去山里砍柴薅草，在土埂边修树剪枝，抑或扛着锄头在田野里转悠等。劳动的快乐与愉悦，早已植入他们的肌肉意识，他俩，不习惯有停歇闲息。

返程时，妈妈从冰箱里取出一块我喜欢吃的胆水豆腐，说是爸爸从场镇上专门为我买的，让我带回，我鼻子突然发酸，中午回家时在心里欢滚的那股热浪，已逼近眼帘，似乎想从眼角冒出来。

离别时，我牵着爸妈的手，先走过院坝，再走过院坝外的阶沿，然后轻轻地松开他俩的手准备上车，最后无语凝噎，挥手与爸妈作别。

2016 年 12 月 10 日夜记录

请支着儿

一、习惯

在夫人的劝说下，我坚持每天晚上洗脚。

洗完脚后，夫人叫我把洗脚水端到厕所里倒掉，未等她话音落下，我便应道："好的。"可过了一个时辰后，夫人问我为什么还不端洗脚水去倒，我却解释说，先把电视看完，明天早晨第一件事就做这项工作。

夫人听后，急忙去把洗脚水往外端，我立即挥手示意阻拦，并说："别去端，我保证明天中午之前，把你交办的任务全都完成。"夫人却像风一般把洗脚水端走了。

我垂着头沉吟，唉，为什么夫人不支持我按照计划做事呢？我认为这习惯比较良好，一直在坚持啊！夫人却说，我这习惯太孬了。

二、做事

夫人回娘家要耍几天。出门时给我说，自己做饭，吃完饭后记得把锅碗洗好。我立即应声说："好的。"

两天后，夫人回家，立即赶往厨房察看，发现电饭锅、高压锅、炒菜的铁锅、锑锅、汤锅全部用完之后，都摆在灶台上，还没有清洗。

她气愤地问我，她如果明天回来，我拿什么锅煮饭。我说，我早就打算在思想上做一次创新，把不锈钢水瓢当锅来试煮后，再一次性地洗完，成批量地工作，节约宝贵的时间。

夫人无语，但余怒未消地又看了洗碗池里摆着的碗，细数了一下，又问道："那又用什么碗呢？"我马上回复，我本来想在理念上有所突破，准备把泡菜坛盖用来盛饭，然后再集中清洗，规模化做事务，提高劳动的效率。

夫人听后，气得怒目圆睁，大声道："滚！"

由于她说话的声音较大，影响了我的创新意识，我悻悻地离开了厨房，闷闷不乐。

夫人怨我，做事太过分了。

三、为人

晚上，酒喝醉了。

次日早晨，夫人叫醒我起床洗漱，我看了时间才八点，便说再睡半小时。

一会儿，夫人又进卧室说，已经有半小时了，叫我起床吃饭。我说我醉了，还想再睡一会儿。夫人愤然走出卧室，轻轻地把门关上。

少顷，电话铃响了，一朋友说他有事找我帮忙，已经到了楼下来接我。我像军人听到冲锋号一样，酒意全消，精神抖擞地弹跳起床，风一般地穿好衣服，开门下楼。

路上，我把口香糖放在嘴里，咀嚼吞汁后，消减酒气，不因酒臭味影响找他人办事的效果。

帮助朋友把事办成后回家时，一边方觉肚子饿了，便嚷着让夫人把早饭加热，一边感到昨夜的酒醉未完全恢复正常，又往床上躺下。类似此情，已不知多少次。

夫人每当见状，便说我，为人太差了。

　　思忖着这些，我总是想不通，既无助，更委屈。我究竟该怎样做，才能让夫人真诚地夸我好呢？朋友，请为我支着儿。

2017 年 6 月 14 日凌晨

父亲节的红包

午觉醒来，揉开惺忪的睡眼，穿好衣服，照例打开手机浏览一番相关信息。

微信里，赫然显示女儿和儿子分别给我发来的红包。

惊疑后思忖，这姐弟俩为什么给我发红包呢？莫非又到缴学费的季节了，他们商量先发红包让我高兴，再给我说下学期学费的事宜？不至于吧，此前概无类似此法索取学费的先例。

再定睛一看，红包上写着"祝老爸节日快乐"。我立即回忆起，之前6月18日那天，同样相继收到他俩的红包，也是祝我节日快乐。原来，这是专门属于给我节日问候的红包。

收到孩子们的心意后，我立即向自己的父母致以电话问候，然后愉快地开门，出门，步行，上班。一路上，心里那个愉快，神情那个爽朗，兴悦得不可遣言而喻。

途中转向时，思绪忽然也跟着拐了一个弯——要是再多收到几个像这样的红包该有多好，心里动的这个"贪念"，反复地在脑海中萦绕。这念想，支持我一个下午的暗自微笑。

忙完手头的活儿，提前回到家里，试着笑向夫人汇报："我今天又收到俩孩子的红包了。"

夫人说："应该，今天是爸爸节。"

我说:"6月18日也收到两孩子的红包。"

夫人说:"知道,那天是父亲节。"

我说:"父亲与爸爸不是同一人吗?"

夫人说:"胡乱咬文嚼字。"

我说:"一年内为什么要过两个'我'的节日呢?"

夫人说:"让你多收了红包还卖乖!"

我说:"我认为收的红包少了。"

夫人说:"除非再多生几个孩子。"

我问:"你已经同意了?"

夫人说:"我可没有那份闲工夫。"

我问:"那咋办?"

夫人说:"除非你找别人去生!"语气非常坚定而洪亮(犹有自知之明之意)。

我问:"你已经同意了?"喜悦之情立刻挂在了脸上。

夫人怒道:"滚出去!"

正在此时,朋友来电话催我赴宴,我才发现,自己高兴得竟把这事给忘了。我声音非常坚定而洪亮地对着夫人说:"好的,我马上出去,明年的今天我将会多收几个红包,届时将与您分享!"

2017 年 8 月 8 日夜

永远的牵挂

几天前，听说猪肉涨价了，便担心勤劳又节俭的父母舍不得买猪肉食用而影响身体所需要的营养。

今日中午，参加朋友女儿的升学宴后，便启程回乡探望父母。

季节如同追赶时尚潮流的姑娘。十多天前经过回乡路段时，沿途满眼皆为青黛翠绿；今日造访，却是遍地成熟的金黄。面向太阳的天空，同样辉映着斑斓的金色，呈现愉悦普照吉祥。

走进院坝里，妈妈见到我时，惊喜地说："儿子，你上次回来时，身上被蚊子咬起的风泡还没完全好吧，怎么又回来了？"

妈妈这话让我十分羞涩。

父母生我在这里，养我在这里，这里沉淀了我幼稚时期无思无赖的游玩童趣，少年时代刻骨铭心的饥饿记忆，怀春时刻忧郁徘徊的情愁意怨。

这里的花草竹树，无不与我贴身亲近；这里的山路田坎，无不留下我坚实足迹；这里的旮旯角落，无不让我魂牵梦萦。

当时的冬天，赤脚踩在雪地中，刺骨地冷，钻进寒凉的心脏，身体瑟缩，手脚颤抖；夏季，光脚走在土路上，抽筋地烫，感应到肌肤里，汗如泉涌，头昏脑涨。

且说夏日，看莺飞燕舞，暂时会忘却生活困顿；赏蜻蜓滑翔，聊以慰藉痛苦的青春时光。蚊子结伴嗡嗡扑来，竞赛吸血的本领；库蠓成团嘤嘤萦绕，逞显叮咬之能耐；尚有毒蛾苍蝇眈视，蝼蚁蛇蝎扰心。

那时，皮肤被蚊蠓吸血叮咬过后，仅留下红色斑点，过后自然消弭。如此重叠反复被叮咬，如此相继自然痊愈，已经成为少年生活中的常态。

如今，炎夏的乡村，蚊蝇非常稀少。然而，我每次回乡，身体表面都会长出许多包块，常伴恶痒。

这是究竟何因？也许，是回乡看望父母的时间少了的缘故吧。

妈妈却嗔怪说，我夏天不适应乡下生活，不要回去，嘱咐我等到秋天凉快后再去看望她和父亲。

为了不让自己的孩子吃一丁点儿苦头，母亲竟宁愿我少回去看她几次，这就是母爱之心，这就是舐犊之情，这就是我们做儿女的永远都还不清父母的恩情账。

父母心中永远的牵挂，便是我们这些做儿女的。

2017 年 8 月 19 日深夜

游燕园

北京的早晨，太阳在浅云上晃悠，时而显现时而隐藏；阳光穿过干涩的薄雾，洒满一地金黄。

陪儿子去燕园报道学习，别有一番感受在心里微荡。

学校大门入口处"热烈欢迎新同学"的横幅，简洁而淡雅。

报到处邱德拔体育馆外，云集着来自四面八方求学的莘莘学子及其亲人，其中，家长的人数远远超过读书的孩子，望子成龙，盼女成凤的心情尽显无遗，不言胜衷肠。

在校园里重游，抚触到北京的秋，长得一副惬意如春的模样。

挺拔的绿树展枝摇曳，送来一阵热辣，携带一袭微风，拂过一抹温凉。

一望尽水的未名湖，秋风轻起，杨柳垂岸，绿色坠入湖里，碧水绉起细浪。

博雅塔的倩影，倒映在未名湖中，微波漾起盈盈浅笑，游人感染儒睿芬芳。

行至蔡元培雕像前注目礼拜，并提示孩子将第一任校长对学生的要求"抱定宗旨""砥砺德行""敬爱师友""大学者，研究高深学问者也""循思想自由原则、取兼容并包之义"，铭记心上。

儿子接到他姐自洛杉矶打来的电话时，笑靥灿烂，如云朵般神采飞扬，欣喜这姐弟俩都在快乐学习，竞相成长。

愚人曾经常将"时间是挤出来的，智慧是逼出来的，愚笨是耍出来的"挂在嘴边胡嚷。

此刻祝福儿女：博学笃志，身心健康。

2017 年 9 月 2 日深夜

谁最傻

昨日下午，儿子回来。

今天一早，我就到厨房准备午餐。既非传递爱意，也难说清是否积攒表现。

洗菜熬汤，配料调味，虽不娴熟，也不生硬。

选择透明的玻璃锅盖把食材焖入锅里，生火后，我便静静地观看温度在烹煮过程中的作用。

渐渐地，水面的浮油被晕开成印花般的图案，缓缓回转漂移。继而水翻滚，推动菜肴起舞涡旋；尔后水化成蒸汽，顶着锅盖哧哧扑腾；继而水蒸气被挤出锅外，变成袅袅青烟，翩跹冉冉地向抽油烟机口飘去。

我享受着烹菜煮饭带来的快乐与愉悦，惬意从心里溢在脸上。

朋友来电话告诉我，原计划下午外出接待朋友的时间改在了上午十一点出发。

出门前，夫人对我说："先吃了饭再出去吧，也尝尝自己做的菜的味道。"我用筷子夹了一坨鸡肉吃，自信满满地回答："你们取用时不要把鸡骨头也吃了。"

夫人问："煮烂了吗？"

我用勺子舀了一勺鸡汤喝，笑道："你们用餐时不要把汤沉淀的渣料都喝了。"

　　夫人有些不以为然："你以为自己做的菜很香，那是不是还要我们注意不要把舌头给吞了？"

　　我有些不解，自己忙了几个小时，帮她做饭菜。这精心炮制的成果，她不仅不对我心存感激，称赞我，却还埋怨我，我面带愠色。

　　儿子来厨房打望了一眼，便圆场道："哇！老爸做的菜香飘四溢。"

　　我立即翘起拇指对儿子称赞："真聪明，鉴赏能力特别强。"

　　夫人接着说："儿子说得对，你爸做的菜最香，以后就叫他经常做饭哈。"

　　我笑了，机灵地对夫人说："你也不傻呀，与儿子一样有欣赏水平。"

　　在去上班的途中，我细细思量，自己怎么就默认了夫人让我经常做饭这活路，我有经常做饭的时间吗？再捋了捋刚才对话的情景，忽然觉得，是我笨呀！否则，干吗非得要去争一个没有实际意义和价值的赞美呢？

　　嗨，原来我还是比夫人傻。

2017 年 10 月 3 日中午

祭　拜

不是时钟的闹铃声，而是院里树上的鸟鸣，提前把我从睡梦中叫醒。

时值清明时节，妈妈领着我们兄弟姊妹和家眷代表，迎着早晨七点钟的太阳，出发回乡。

轻车在城市与村间公路上驰越，左侧、右侧，前面、后面，东北、西北，东南、西南，还有顶上抑或中间，皆被通红的阳光照得格外温暖。

人说"十里不同风，百里不同俗"。沿途掠过的风景，忽而田野若黛，忽而山色金黄，一如冬春在同一时光中交错轮转。

农历的今日（二月二十三），父亲已经离开我们整整一周年。沉重的心情，被这春阳慢慢化开，融入一点点愉悦。

故乡依阳桥村，部分民房已经消弭重修，部分山地已经推挖填平。乡间的变化，逐渐让过往的本真在记忆中褪却和暗淡。

父亲离别后，除祭祖之外，我们鲜有时间回去。坐落在海爬沟的旧居，照样朴实；连接老屋的小道，已浅落尘埃；院坝之外，绿树成荫，地上蓬勃起苔藓；父亲的坟头，草色青青，镌嵌石碑中父亲的雕像如常慈祥和安然。

妈妈在室内似乎感受到物是人非的情景，放声恸哭，昭示妈妈此刻内心的落寞与凄凉，触碰着她的儿孙们的内心。

和煦的微风，扶送纸钱在父亲的阴宅上空飘飞盘旋，我们齐刷刷地跪在父亲的墓前拜谒点香。

　　我穿着去年送父亲上山时特意准备的黑色衬衣，再配黑色外套，站在父亲的墓前，心心诵念，把透彻心扉的祝福送给爸爸：祝愿爸爸在天国如意康安。

　　最后，再向爷爷奶奶和祖先一同打躬作揖、敬叩祭拜，愿在天国的他们，全都安好！

2019 年 3 月 30 日清晨

郊外散步记

今日的阳光，昨夜雨过天晴后喷薄而出，温暖裏挟着淡淡的凉意，舒适怡然。

下午四点左右，我们陪妈妈来到郊外游玩，信马由缰地在小路上款步行进。

穿过二十世纪辉煌一时、现在几乎废弃的厂区，沿途三三两两的老妪老媪，激起了妈妈饶有兴致地与她们嘘寒问暖的热情。

相遇一位老太太，带杖坐在木条凳上。妈妈与她搭讪，得知老人芳龄九十，姓张，妈妈就来了精神，兴奋地对我说："儿子，这位阿姨与你婆婆同姓，我们应当是亲戚。"我会心地笑着，继续向前走。

妈妈长期生活在人烟稀少的小山村里，鲜有亲情往来，三亲六故的音容笑貌和姓名称谓，只在妈妈记忆中萦回。一旦遇到有与我们彭姓李氏以及亲戚连襟有关的姓氏，就格外欢喜。

回想去年初夏的一次出游，途中相遇一群花枝招展的美眉，其间有我们认识的朋友。当她们热情地与妈妈寒暄时，妈妈爽快地相互交流，并好奇地探问她们的尊姓芳名。得知一位女生姓蒙，妈妈高兴地说："我有位媳妇也和你同姓。"继而，那位女士与妈妈紧紧地拥抱在一起，同行友人起哄说妈妈又多了一位媳妇。霎时，欣喜忧愁嗔的滋味，在我心中油然而生。

再往前行，又见四位老妈妈悠闲地坐在靠墙的长椅上歇息，我悄悄地告诉妈妈，不要问她们姓甚名谁，担心妈妈为我们认的"表婶姨娘"数也数不清。妈妈的脸色突添微愠，瞬间又烟消云散。我示意妈妈与她们热情地打了个照面，并顺势促成了她们合影留念。也许，这也是对物以类聚、人以群分的最好诠释。

来到厂区外的小路，两旁的田野长满绿色欲滴的青禾。四季豆的蓬勃，玉米秆的壮硕，莴笋叶浸淫的稚嫩，韭菜苗溢出的芬芳，惹得妈妈凝神静气地驻足观赏，一如回到故乡的深深情愫悄然流露。

太阳明媚地照耀在身上，微汗爬满妈妈的脸颊，透出油腻而晶莹的光泽。我问妈妈："搽了化妆粉吗？"妈妈回过神来说："没有。"我说："是不是敷的玉米粉或麦子粉呢？"妈妈极不情愿而又十分机智地回答："抹了防晒霜。"与妈妈斗嘴，似乎总算我赢了一回，愉悦难锁在心里，呈现在脸上变成了揶揄的莞尔。

路上遇到我的朋友，他们拉着妈妈的手，把着妈妈的肩，祝福妈妈节日快乐，并向妈妈介绍："妈妈，我是您儿子的朋友，以前拜见过您。"妈妈爽快地回答："是的，是的，我认识你。"

当朋友走远后，妈妈问我："你刚才那位朋友是哪个？"我反诘妈妈："您不是说认识吗？"妈妈笑着说："忘记了，当着你朋友的面，不好说不认识他们，怕慌了别人，又怕你朋友说我记忆力不好。"我神色冷峻地看着妈妈，心里在想，实诚的妈妈仿佛逐渐学会了城里人处事的乖觉。

来到江边，微风从山间河谷带来陆水混合的芳香气息，润肺沁脾。同行朋友拿出舞蹈表演道具的花雨伞、折叠扇，让妈妈拍摄留影。妈妈握着伞，拿着扇，迈出犹如T台舞的猫步，扭着好似旗袍秀的走姿，让我们捧腹大笑不已。妈妈说："我的模仿能力太差，实在对不起。"妈妈的快乐，是我们心里想要的愉悦。

不知不觉间，太阳的光芒收敛了些许热辣，轻轻的惠风伴随近晚的霞辉，润泽苍茫的山野，为我们送来一袭洗心般的清凉。

留恋不舍地止步于郊外的小路，与一帮朋友陪妈妈把淡雅的母亲节的晚宴共享。

让我们热情地高举清醇飘香的美酒，祝福天下母亲，永远幸福，一生安康。

2019 年 5 月 13 日

俩妈逛商场

今晨（10 月 7 日）的小雨，乃昨夜细雨的延续。细雨丝丝缕缕，伴我深夜含情入寐；小雨淅淅沥沥，唤我拂晓愉悦寝起。

上午，邀请妈妈和岳母一同去游览商场，我消耗了较大的精力和耐心地劝导，才说服她们勉强同意。因为她俩知道我的目的是为她们添置衣服。

俩妈十指紧扣，行走在街面人行道上，健步如飞，体态轻盈。

两位妈妈的成长历程和家庭情景都极其相似，祖祖辈辈皆生活在农村，延续并养成了勤俭持家、善良为人的良好习惯。

当年，她们分别在主导各自家里柴米油盐酱醋茶的时候，家庭开支，不仅精打细算、有序规划，还省吃俭用，竟连必要的费用支出，都十分不舍，万分不愿，往往犹豫思虑再三后，才能做出决定。

慈眉善目、和颜悦色、大方靓丽的两位妈妈，皆有爱憎分明、崇尚真善美、摈弃假丑恶的天然秉性。

当她们听到有人家庭十分困难时，就会要求我们给予必要的帮助。

当她们听闻有些人借了人家的钱不还时，便会十分惊奇地说："世界上怎么还有这种败类的人，并厉声正色地鄙视那种人：既败坏家族名声，又羞死祖先后人。"

这或许是那个年代绝大多数农民父老乡亲和华夏优秀儿女共同具备淳

厚朴实、疾恶如仇、善待好人，知廉耻、懂敬畏的高尚情操的缩影吧。

再过两月就届满九十周岁的岳母，年近半百时，还在为生下她最后一个女儿，高风险地劳神费力。

年近 76 岁的妈妈，曾历尽艰辛的磨难和岁月的沧桑，才把她众多儿女拉扯养大，培育成器。

我最为幸运的，是我生长在一个祖传人格高尚、宁愿饿死都坚定不逾越规矩的农民家庭，涵养了我的修为，保障了做人的尊严。令我十分感激的，是眼前两位妈妈，生活愉悦、身体十分健康、行动干练利索、相处和睦快乐。她们，给了我迈入人生征程莫大的动力源泉。

我和俩妈在服装铺前磨磨蹭蹭，盖因她们竟不去看衣服。在我一脸诚挚并恳求服务员帮助鼓动和极力劝导下，老人们方才答应试衣。

她俩分别试了不同款式的衣服，都说不好看，都说自己有很多衣服穿不完。我说穿旧了，她们却回答还没有穿烂。

她俩不愿买衣服的根本原因，完全是其崇尚厉行节约的天性。

通过买方卖方通力联合做工作，她俩才各选了一套价格十分便宜的服装返家。或许，这是俩妈应付性地了却我的心愿吧。

岁月的长河里，诚愿岳母的脸上时时焕发着红晕，妈妈的面颊常常绽放出笑靥。

2019 年 10 月 7 日重阳节夜

西山采风

母亲节（5月10日）的清晨，旭日带着绯红的笑脸，在苍穹中冉冉游鼋，显示着初涉尘世的娇羞和稚嫩纯真的妩媚风情；太阳溢满青春的莞尔，在碎云里扑闪荡漾，透露出淡淡的热辣与恰到好处的张扬气质。

受四川前村文化传播公司的委托，我兴致盎然地邀约四川省散文学会和南充市辞赋学会以及中国摄影旅游网等社团部分文朋诗友，举行母亲节文艺采风活动。

特别邀请妈妈同行时，妈妈照例问我："谁负责费用？"我斩钉截铁地回答："我买单。"妈妈听后才欣然答应届时与我们一起前往。

为了凉爽与幽静，我们选择了果城西山景区游览。下午，进入该环山道路，两侧绿树翠竹茂密葱茏，地上林荫光影婆娑斑斓。文友们穿行其间，谈论古今苍茫，清诵孝悌诗文，展示琴棋书画等，乐乎所以。

辞赋作家朱兴弟即兴吟哦："众文友欢度节日，与慈母畅游西山；朋友交心，友谊长存，母子牵手，骨肉相连……"诵读未完，妈妈就高兴地伸出右手竖起大拇指，对朱老师一番夸赞。

朱老师谦恭地回应："大姐过奖了。"妈妈说："我儿子不缺舅舅，还是当儿子的哥哥吧！"引来众人笑声，由此可窥妈妈机敏不一般。

漫步林荫道上，文友们观景致，赏风物，畅所欲言。眼见平淡一掠而过，相遇新奇品评点点。妈妈身轻如燕、大步流星地走在前面，时而把我们丢下一段距离，时而停住脚步回头等待。大家叹服妈妈健康的身体和犹如年轻人的状态。

途中，摄影家野风选择了路边较为敞亮的平台，用葫芦丝演奏《妈妈的吻》，妈妈凝神静听，伴着悠扬的旋律，嘴里哼唱着歌词，展示着轻盈的舞姿，身心完全沉浸在幸福与快乐之中。我心里，盛满惬意和舒畅，比蜜甜。

来到一尊以母驴与仔驴相望的花岗石雕塑前，文友们启动了想象的张力，大家讨论策划着让妈妈与我演绎一段《母子情深》的情景短剧。我心里有着千种不愿万般不肯，因为做作和装扮的伪真，总会觉得脸上蒙羞，心里添堵。

可是，妈妈却爽快地答应了。为了取悦妈妈，我只好硬着头皮同意，权且当玩游戏，做好配角。

人们常说，看起来容易做起来难。首先，朋友们七嘴八舌的指导意见和建议，都有独特的见解，难以取舍或融合，让我无所适从；其次，最终虽然定稿，总顾忌着这是假心假意的把戏，而不是真情实感的流露。特别是面对的是自己的亲娘，能够装模作样地表演尽孝之情吗？要是换成其他妈妈，我也许会按剧情进入角色，不至于有这么大的压力。

经过三番五次地演出，最终还是生硬地完成了"剧本"要求。不过，概无表演艺术水准可言，相信在摄影师编排剪辑时，可能会裁掉他们所摄所录的全部画面。

不知不觉间，时光漂泊到了傍晚。西山众多胜景古迹、风物小品等，未及欣赏观瞻。似乎，承悦妈妈的欢心，已经定格成了今次走游采风的主题。

晚宴，增加了高朋贵客相聚，浓酽了亲朋好友推杯换盏的高昂激情，平添了文人雅士妙语横生的欢乐气氛。

深夜，回望文朋诗友相逢的情形，诸如那低头浅唱，"谈笑有鸿儒，往来无白丁"的严苛先哲，类似那仰首高歌物以类聚、人以群分的逍遥隐士，他们抑或不大流俗，抑或自在安闲的人生形迹，仿佛历历在眼前。

浑然觉得，今次的文艺采风，因为有了妈妈的参与，丰富和滋润了该项活动的内涵和外延。

　　诚挚祝福天下母亲，天天快乐。

2020 年 5 月 11 日深夜

游园度重阳

重阳节（10月25日）的清晨，薄雾浅锁深秋。阴冷的气候相触感官，激起眉目露出些许愠色。扶携妈妈于果城郊外游玩，一路欢笑，满怀愉悦。

汽车穿过充斥喧嚣的城市街道，在沿着沟底蜿蜒、树木排列两侧的乡村公路上驰骋。约莫二十分钟左右，来到悠然宁静的"馨予田园拖拉机农场"。

位于顺庆区新复乡红岩村的该农场占地，状若一把张扬的古代太师椅，中间像椅背的山势，雄伟庄重，葱柏覆盖，苍翠欲滴；两侧似扶手的山翼，宛如双臂前伸，拥抱缓缓倾斜的椅座般的田土。这椅座，田坎错落，小路弯曲，稍事打造而就的四个水塘，呈梯级结构自村口摞到山脚。

妈妈环顾观望，仿佛重回故里，把快乐写在脸上。舒放的笑靥，挤密了眼角的皱纹。

塘里鲫鱼，忽而成行接续，忽而抱团涡旋，偶有鱼儿凌空跳跃，恰似水中芭蕾花样游泳，招惹观赏者身心华蜜。

妈妈瞥见池塘岸边有人垂钓，便警示我，鲜活的生灵，太可爱了，不要去伤害它们。

农场里，果树成荫，刚刚新植；蔬菜泛绿，分厢成块；鸡鸭同群，林间觅食；当季的花卉，飘逸出淡雅的气息，在山湾里缭绕。一幅浓缩的乡村画卷铺开展示在这里，我们心旷神怡。

农场主青松先生吩咐厨师将放养的鸡，用柴火煮熟，给味蕾带来了不同寻常的享受。妈妈说，极像她曾经在乡下用粮食菜叶养殖出来的土鸡，香气扑鼻。

请妈妈与我同行外出，她最在乎的，是否是我买单。

午餐尚未结束，妈妈就暗示我去结账。然而，农场主却款待我们一行，妈妈和悦的脸色突然布满了淡淡的乌云。

爸爸离开我们时，我最大的懊悔莫过于没来得及请二老外出领略世界风光，这几乎成了我的一块心病。接下来，妈妈被说服进城与我们共同生活后，我一直想着多让她到近处远方旅行游玩，虽然难以弥合与了遂我对爸爸的歉疚之意。

一次，一位朋友约我到其果园采摘枇杷，我将刚到城里的妈妈带上一起前往。入园时，朋友分别发给我和妈妈一个空果篮去采摘。进园后，妈妈一边伸手拉着挂满果子的枝条，一边问我："多少钱一斤？"我答："朋友将送给我们，不收钱。"妈妈立即松手放下树枝，严肃地对我说："我们家的人，千万不要去占别人的便宜。"

我和妈妈提着空篮在果园里慢慢转悠，又与妈妈提着空篮兴致而返。没有带走一片叶子，从而维护了父母秉持的人格尊严。

爸爸去世不久，时而有朋友约我外出散心，我依然带上妈妈同行。当妈妈得知吃住行等都是朋友负担时，十分气愤。妈妈说："无功不受禄，哪好意思白吃白喝别人的呢。"妈妈执意要让我把朋友为我们支付的花费付给朋友才罢休。

由于我日常事务十分繁杂，如果想专门抽空陪妈妈，时间将会严重不足以支配。

为了尽量做到工作和陪伴妈妈两不误，我把时间作了立体化安排处理。企业经营管理方面的事务性工作，依然交给团队人士独立完成。朋友遇事相约商谈，先问需要多少时间。如果计划将耗费一个小时以上，我便提出接上妈妈到城里公园或城边景区爬山商谈，让妈妈与我们相隔目所能及的距离慢步。异地亲朋婚嫁酒宴，带上妈妈，让妈妈单独向亲朋相送一份礼金。这样，妈妈高兴，亲朋也欢喜。

后来，不少朋友在约我聚会的同时，也请上妈妈。妈妈不相信，以为我忽悠她。我说："您养育的孩子会哄人吗？"妈妈将信将疑，仍然不愿前往。我只好当面给朋友打电话，求证属实后，妈妈脸上流露出被人尊敬的陶怡之情。

午后时间，别却"馨予田园"农场，与一帮文朋诗友以及具有文学艺术情怀者合计游览七坪寨。

高冈上微风，时断时续，拂身吹面，沁肺润脾；巅峰间草坪，半青半黄，地阔坡缓，赏心悦目。

走过逶迤曲折的木质走廊，妈妈身轻如燕；环绕高空圆形玻璃栈道，妈妈如履平地。

约莫两个小时的徒步行走，经过上坡下坎，爬高登梯，妈妈不仅毫无困乏的感觉，还问我，七坪寨呢？我含笑不语。

七坪寨，在这山上已经了无残垣断壁的印迹，只有在想象中勾勒出庙宇房檐的轮廓，还有明末古战场遗址，俨然成为了历史的传言，思绪唯独在道听途说里拼凑烽火硝烟的记忆。

隐忍着该地文物曾经被毁损至灰飞烟灭的惋惜与心里的疼痛，瞭眼欣赏这方周遭层峦叠翠的自然山形和沟壑幽深的地貌景观，尚可调适黯然的愁肠。

整天的游玩，妈妈没有丝毫的疲惫。这与她多年在深谷里生活，长年累月的劳作，从而练就了坚强的筋骨、健康的体魄密切相关。

天色渐暗，妈妈似乎意犹未尽。然而，黄昏已遮村野景致，相与妈妈心存留恋往回转。

一路上，由于更多的时间顾及妈妈，因而，参与朋友们相互交流与争论，却较为稀疏。晚餐间，大家激情高昂地举起盛满高度白酒的酒杯，开怀畅饮的气氛，无言地对我给予了包容与海涵。

交往志趣相投，心灵相通，习性相融的新朋老友，乃人生幸事，快乐绵延。

2020 年 10 月 28 日下午

严冬遇温婉

川东北的十二月，呈现出亚热带湿润季风气候地区十足的冬季本色。

几天前，连绵的阴雨，把嘉陵江畔重镇果城的空间，浣濯得浑然如镜，不染纤尘。用钢筋沙石与炭火烧结页岩构筑的城市，凝重冰冷；丘陇山川与星罗棋布的民居组成的乡村，霜风缩瑟。人们把身体包裹在各种款式的保暖棉袄和不同颜色的防寒大衣里，抵御 1 ~ 11℃的温度，撑伞戴帽在风雨中从容来往。

今日（23日），天放晴朗。早上的气温，比下雨天的同一时段还要凛冽。

浓雾弥漫空中，除了邻近的建筑依稀可见，稍远处，被掩没的楼宇、庭院、树木、花草，让视线蒙眬迷茫；银杏树橙灿的叶片，静逸地翩飞，溅落一地金黄；空气无风扰动，却冰凉如刀割脸庞，寒气犹针刺指尖。

继续在人行道上阔步，雾霭中穿行。走着走着，云开了，旭日在岚烟上飘浮；雾散了，太阳焕发鲜艳的红妆。霞光给全身带来柔和的温暖，化冻了心扉，愉悦舒坦。

甜软的氛围中，欢快地度过了忙碌而充实的上午时间。午后，阳光明媚，我将到城郊去办事，邀请妈妈一起前往。妈妈说："天气较冷。"我说："好久没有陪妈妈散步了。"妈妈应允同行。

繁忙，早已成了我生活中的常态。怎样抽出时间陪伴妈妈，眷顾家人，颇费思量。后来，终于想出了把时间进行立体化运用的方法，最终达到忘我工作与陪伴亲人两不误的目的。

提速把事情办妥后，陪妈妈欣赏古镇风情。旧街老屋，青瓦木门；店铺小吃，土特飘香；地摊小商品，杂货纷繁；窄街行人车辆，熙来攘往；屋顶上强弱电线，一如蛛网，妈妈都看得十分入神，自言自语道："很像老家乡场。"此情此景，唤起了妈妈对故土的回忆与眷恋。

古镇所傍江面，沱潭明澈，斜阳沉渊。石砌码头，安然地停泊一排渔船，系住船舷的钢绳，牢牢地捆绑在锚桩。对岸芦苇丛中，腾起两只白鹤，展翅江面上空，自由盘旋。妈妈高兴地称赞这里风景很美，要我为她拍照留念。

一股微风扑面而来，身体不禁打了个寒战。我问妈妈："冷吗?"妈妈说："我不怕冷了，以后我愿意与儿子一起出去走走看看。"

落晖晚照，江天相接处，展现一抹绚丽斑斓，为妈妈带来欣喜与幸福。严冬时节仍温然，妈妈高兴，我心悦安。

2020 年 12 月 24 日夜晚

忆家父

为了尽早赶回乡纪念家父诞生之日，昨夜专门设置了闹钟叫醒提示。

今晨六点半，清脆悦耳的铃声响起，将我从酣畅的睡梦中惊醒，心意恬恬地起床。窗外雨打树叶，沙沙作响，悠扬动听盖过鸟鸣。

我劝妈妈，天冷，可以不回去参加活动，免得受冷恐被感冒。妈妈同意，并嘱咐我说，她最近在梦中见过父亲，让我在父亲坟前帮她转达问候。

轻车迎着小雨，破开浓雾，穿越寒风，偶尔左拐右晃，时而起伏地在崎岖山路上行驶。几经颠簸，困意来袭，迷迷糊糊地进入了似梦似醒的自然放任状态。

英俊潇洒、帅气十足、气质文雅的父亲，少年之际苦学文化知识，青年时期认真教书育人，逢国家遭遇危难时刻，踊跃参军入伍跨过鸭绿江。尔后，因爷爷奶奶需要照顾而回到故乡依阳桥村海爬沟社。

从此，父亲扎根在这片田野土地上，勤奋耕耘、成家立业、养儿育女、奔波劳碌，毕其一生精力。

父亲留给我的印象：少言寡语，多谋善思；知书达理，善解人意；遇事沉着，处变不惊；行为端正，举止稳重；学识渊博，言语文明。他被远乡近邻公认而敬重为一方儒雅绅士、优异乡贤。

修为高贵、情操高尚的父亲，成了我最为崇拜的人生偶像和行为楷模。

父亲留给我的精神财富，给予我漫漫人生长路之旅中，最为原始真切的实诚底色，赋予我行进坎坷曲折道路上遭到困顿交迫境遇时，能够从容自若的坚强定力，留给我矢志不渝的人生态度。

因雨路滑，停车微颤而将我突然震醒。睁开惺忪睡眼，故乡到了。房前屋后，竹树如黛，杂草丛生。

穆立父亲碑前，双手合十，打躬作揖。点燃一堆纸钱，所化灰烬向空中曼舞飘飞，预示我们对先人们的尊崇，用情弥深。

我虔诚鞠躬，谨向父亲，向爷爷，向奶奶，向列祖列宗默默宣示：后生服膺族规，为历代祖宗寄予的希望而不懈努力。我辈铭记家训，做社会有用的人。

父亲的人格魅力与人性光辉，必将一直影响和照耀着我前行的路程。

农历庚子年腊月十二夜

陪妈妈游乡村风物

2021年母亲节，金黄色的太阳辉映万里晴空，艳耀苍茫大地。

妈妈说："以前在老家望得见移山乡的205发射塔，不知道现在怎样了。"上午九点，我陪妈妈前往此处观赏。

205发射台，位于移山乡牛角湾村最高的山峰，其上坐落的铁塔，巍然矗立峰巅。十多年前，我与一帮好友慕名而去，第一次亲临其境。依稀记得，挺拔的铁塔已经不再具有其使用功能，经过日晒雨淋，锈迹斑斑，略显孤独与寂寞之窘态。界边石砌围墙，环堡而筑，几乎完好。无数个藏在山中的房门和隧道出口，蛛网尘封。

在我少年时代，听闻了205发射台的许多故事，印象中十分神秘。有人说，那是一座秘密军工厂，制造武器装备配件；有人说，那是电视差转台，中继接力负责西南地区云贵川等省的广播电视信号覆盖。时至今日，许多人概不知晓其山中到底内置何种设施，执行什么任务。但是，可以大胆猜测，那里，当初应属军事管辖区域。因为，传说该处空间，曾经戒备森严。

原本打算去实地参观205发射台后，再到附近村庄拜访知情人士，探寻其里。然而，由于生疏地理，轻车入错车道，耽误了一个多钟头的时间。还好，沿着该条修筑在半山腰的村路蛇行，环览周遭，漫山遍野，植被全罩，翠黛欲滴。微风拂过密林，鲜嫩的叶片，妩媚撩弄，沙沙声响，释放馥郁沁心入脾的气息，令我们神情舒爽惬意，让妈妈依然愉悦开心。

矫正行车路线后，到达目的地时，约莫上午十一点。眼前的境况，却惨不忍睹：引人注目的铁塔和围墙，已渺无踪影，门洞、隧道口等严重毁损，部分建筑物被连基拆除。原来的地形地貌几近推平，尚有两台大型推土机在其间作业。经打听，这里将建几个小规模工业加工基地。

据了解，以此为中心，纵横10万平方公里地域范围，鲜有类似205发射台设施布局。其年代性、历史性和神秘感，使其颇具独特的魅力气质。如果把它向社会开放，用作旅游景区规划，结合周边自然景观与人文环境，将会具有其他景区不可复制的优势而吸引客人，许能产生不可估量的经济价值和社会效应，并提高当地的知晓度。

事已如此，无心访问附近居民。再加上时至中午，朋友们频频打来电话、发送信息催促前往饭店聚餐。

返程途中，大脑开启了沉思默想模式：205发射台附近，有许多这样的山头岗坳，为什么租地者偏要选址在这里；该建筑物早已达到了法律规定的保护年限，却因何缘由十分顺利地被毁；国家自然资源部国土卫星遥感应用中心，其遥感技术是否早已失去灵敏……我百思不得其解。

如今此地已若斯，留笔温馨提示：假设别处有类似该景物，当以此为戒而保护之。

相约相聚的地点到了，满堂友人热情相迎，我立刻收拾好心情，沧桑的脸上绽放若春花般烂漫的笑容，欣然入座。

为了满座高朋相逢的激情喜悦，为了增加妈妈节日的快乐气氛，我满怀深情地举起浓纯的美酒，一饮而尽。

2021年5月10日下午于遂宁赴蓉动车上

自尊与倔强

——生命之光

异村草木依然绿，他乡旭日同辉煌。

旅憩的民宿外，晨鸟叽叽喳喳、喜气洋洋的欢叫声把我吵醒。我揉开惺忪睡眼，睥睨阳光透过素雅纱帘淡遮的窗户，数支金色光束，翻卷微尘照进卧榻，轻柔肌肤暖煦洋溢，撩拨心弦惬意盎然。

浏览手机屏幕，方知今天是五月的第二个星期日，我便匆匆用过早餐，快速把家还。虽然错过了前晌，还有下午与傍晚，绝不耽延陪伴妈妈欢度母亲节，无论妈妈是否在意这个节日。

回到居住的小城，太阳正西斜。

"儿子，给我一支笔和本子哈。"妈妈上车后突然对我说。

我惊问："妈妈，您要纸笔干什么呢？"

"我学写字。"妈妈淡淡地说。

"啊？"我惊讶得张开的嘴忘了合拢。

"我把我的姓写得来了，学写名字很难，正在练。"

原来，几天前，妈妈给我说，她最近一次准备到城里公园走走逛逛，门口保安却要求她在入园登记表上签字。妈妈平时只认得很多字，但是一个字都写不来。她感觉很不好意思，没有向保安表明原委，只说："这么麻烦，不去了。"

听了妈妈的诉说后，我开始琢磨着用什么办法才能让像妈妈这样的老年人，在既合乎情理又遵守政策规定的前提下进入公共场所游玩娱乐或锻炼身体，拟向城市管理者们提出建议。然而，做梦都没想到妈妈竟然会选择自学写字来弥补她人生的短缺。我对妈妈那份自尊和要强好胜的精神，敬佩得词穷语塞，感动得眼眶湿润。

儒雅实诚的爸爸和伶俐干练的妈妈，于 20 世纪 60 年代初期，两棵生命之树皆已长到芳华怀春的季节。他们经过媒妁之言，结下百年之好后，妈妈几乎以大约三年孕一个、六年生一双孩子的速度，先后把我们五个兄弟姊妹送入凡尘世界，我们却给父母带来了常人难以想象的生存压力。

在我能够辨认父母且开启朦胧记忆的时候，爸爸舂米推磨，常常将我背在背上，母亲割草捡柴以及做其他农活，往往把我带在身边。

当我可以读懂父母并知晓敬畏的时候，沉稳持重、冷静寡言、怀才内敛、仪态端庄的爸爸始终释放出高贵典雅的气息，为近邻远村乡亲父老们发自内心所尊重与敬仰；妈妈则处事利落、身手敏捷、智慧机灵、为人善良、疾恶如仇，像永动机一样勤奋劳作的身影，给我留下了挥之不去的印象。

那些年月，妈妈包揽了家庭所有事务，照顾我们冷暖温饱、洗衣做饭、打扫卫生、养殖家禽牲畜、为全家老小缝制衣服鞋帽等，满满的都是操心费力不已。

妈妈在生产队里干活挣工分是一把好手，比如上山割草，只见镰刀在妈妈右手飞速地来回切换，她左手几乎每五六秒钟就是一大把青草往背篓里抛。妈妈割草的重量与同她一起的婶婶嬢嬢们相比，多出一两倍。难怪村里妇女们无不妒羡地说"妈妈所到之处，连风都抓得住一把"。

集体生产的时候，农村也有贫富之分，农村分粮食，以人均分配基本口粮为基础，另外按照家庭参加生产队集体劳动所挣工分多少折算分得口粮的比率，亦即多出勤做工就多分粮食，反之亦然。妈妈为了我们不受冻挨饿，家里不补钱给队里，专挑苦累重脏之类能挣高工分的活干。

每年到了秋季，地里的红苕初长成时，生产队就要安排农民挖嫩红苕分给大家接续生活。妈妈就会选择挖黏土或干田里种的红苕，因为与沙土里红苕的单位重量比，工分要高一些。如果下雨或者遭遇连绵阴雨，队里除了妈妈以外，没有其他人去挖红苕，有的家庭揭不开锅，他们不仅不去劳动，有的人反而阴阳怪气大声地对妈妈说："你喜欢挣高工分，继续去挣噻，下雨天的工分更高！"从那时起，我开始懂得了能人也会遭人妒忌。妈妈被雨淋成落汤鸡似的，我们劝妈妈歇息一下。妈妈却说："你们正是长身体的时候，我不多做活路，你们几姊妹就得挨饿，身体饿坏了，以后怎么办？"

妈妈的勤劳和在艰难困苦日子里的那份坚忍执着以及拼命挣扎生存的独特个性，反倒成了我心里的阴影。直到现在，我都不敢轻易回望父母荆棘载途的曾经，否则，我情不自禁地从心底涌上眼帘的泪，会止不住向外流出，包括在公众场所，无惧被人曲解。

"儿子，今天这衣服，质量好，价格低，很好，否则，我就不得让你买。"

勤俭持家，厉行节约，成了妈妈的习惯。我在传承着。

2022 年 5 月 8 日

遇见美好

陋室墨染书香浓

爱好阅读文学类书籍，是儿时养成的习惯。

那时，书籍犹如家里的柴米油盐一样匮乏；那时，对读书的渴望就像没有吃上一顿饱饭般的饥饿。

小镇书店里，书的种类单一，即使有自己想要的书，也无钱购买。一本书将用去三四个鸡蛋换来的钱。而农村，每个人只允许养半只鸡或鸭，超过规定，不仅要把多养的家禽当成"资本主义"的尾巴割掉没收，户主还要写检讨。

有时，在场镇的路边，看到一截报纸，捡起来便如饥似渴地阅读，无论是新闻还是文艺副刊，都会在阅读中忘掉少年的饥饿与穿着破旧衣服带来的烦恼，独自欣喜若狂。

一九七八年，生活突然发生了翻天覆地的变化。书店里的书籍种类逐渐繁多而丰富，仿佛见到泰戈尔似乎仰天讴吟"我站在深冬的风里，等着你的爱，即使得不到你的爱，我的那份等待也是甜蜜的"；读到托尔斯泰"幸福的家庭总是相似的，不幸的家庭却各有各的不幸"；领略李商隐"蓬山此去无多路，青鸟殷勤为探看"的相思；感受李清照"轻解罗裳，独上兰舟"的离愁；读着读着，我的思绪却不知不觉地漂泊到了怀春的季节。

二十世纪八十年代初，一个夏季逢场天的中午，我赶集后在返回途中的竹林里乘凉，认识了闻名乡里的乡村作家兼通讯员钟正伟；通过钟正伟我认识了作家、巨石乡干部王方才；由这两位才子的引荐，我又结识了挥执教鞭的作家、安平镇初中语文老师胡涛和诗人、大河堰村小学教师杜硕彦。

最初接触他们时，总是心里扑扑直跳，身体颤颤巍巍。尔后的交往中，由于爱好和价值取向与共，观念相类，得到了他们的倍加关爱，从而拉近了与之相处的距离。渐渐地，产生彼此融为一体的思想共鸣，甚而抵达对方心灵的无隙交谊。

当生命的脚步走到了投入社会的门口时，眼前生活困顿，事业渺茫，未来一片漆黑。他们是照见我灵魂的灯塔，也是洞悉我藏在心底最深处的秘密。

走动得最频繁的，是我与王方才、钟正伟仨人。

为了思维不至于在贫瘠的红坡秃岭、褐黄土地上荒芜，我便时常到他们俩的家里去，论古道今，谈天说地，彻夜不愿入睡。

孤独的时候，总是那么苍白；寂寥的日子，总是那么无奈。当身心处于上述状况时，我就与他们相约一起去赶集，边走边谈，关不住的话匣子，通畅心结；边叙边聊，道不尽的重复话，依依作别。

渐渐地，他们把我当成比骨肉同胞还亲的兄弟，我在享受着与他们在一起的幸福时光的同时，还恣意撒娇和纵情放肆原本的性格。

他俩的家，与许许多多农村住宅一样，朴素而简洁；他俩的家，与其他农户（王方才的家也住农村）不一样的共同特点：都有一间简陋的书房，书籍画报、纸墨笔砚样样俱全。他俩相异的，王方才家有竹笛，钟正伟家有口琴。

那时候，大家都不太富裕，但是，只要我们相聚在一起，再穷的家庭都显得格外的奢华。相比之下，钟正伟比王方才的家境要差一些。然而，每当我们相约到钟正伟家里时，与到王方才家一样，都格外欢喜。

记得那是一个秋季，我邀约王方才到钟正伟家，忙乐了钟正伟一家人。钟妈妈用粮食把屋外院坝里的鸡哄引进屋里，捉住便宰杀，轻快麻利的动作非常感人；嫂子犹如一家主男，个头较大力气也不小，闲庭信步似的用石磨推豆腐；钟正伟托邻居帮他去乡场打酒割肉买调料，他那小小年纪的儿子则在自留地里采蔬菜。

我们仨围坐在其书房里，慢悠悠地喝茶，含化心中的郁结；慢悠悠地剥着新鲜的花生米，咀嚼劳动的甘甜；慢悠悠地老生常谈，畅想人生的边际。那常谈中，发散思维十分离奇；常谈中，跳跃性的话语天南海北；常谈中，畅想着美好的未来除却了忧愁与倦疲。

用餐时间到了，喝酒，举杯豪饮；而后，酩酊大醉；结果，仨人同床共枕，打着呼噜，酣然在梦里游弋。

他们，与我人生旅程中遇到浩若灿烂星星的挚朋好友们一样，给予了我人生重要熏陶，让我睥睨云卷云舒变幻无意的淡定从容，看待功名利禄宠辱不惊的倜傥洒脱。

后来，我们各自为了想要的生活，在不同的人生轨迹上踽踽前行，聚少离多，有的却未曾谋面已经年。然而，心，常用鸿雁传书，牵随着陈迹记忆在乡间田埂小路上幽幽徘徊；情，用网络传导青春梦想在城市的一隅冉冉泛起，感受苦痛快乐相互交织的人生味觉。

他们，时常提醒我做事稳重，遇事沉着，修为淡定，人生从容；他们的每一句话对我来说，都是金玉良言，像醍醐灌顶般让我去品味，去享受。激发我无论何时，无论何地，无论什么境况，都耕读不辍。我常独自感激涕零，在炎热夏天或寒风料峭的冬日，携缕缕书香，溯流而上，畅饮知识的琼酿，享受明媚阳光照耀抑或风霜雨雪洗涤下的舒畅快意。

借此，我谨将该文传递给我尊友、敬友、畏友的您，读好书，交挚友，抒真情，未知您能否感受到人生炎热中的一抹清新的荫凉和冬寒料峭的时日中一袭暖阳的温煦。

仙人球花盛开

许是孤陋寡闻，我尚未听说仙人球会开花。

初夏，小雨过后的前日早晨，窗外小鸟欢快地把我叫醒。我来到自家的百草花园休闲处，闲情逸致地吐纳清爽的芬芳空气。惊诧瞥见旁边小花盆里的仙人球身上，长出了两枝洁白无瑕的鲜花，惊喜得不知所措！

极其简单小巧的花盆里，拥挤地盛着四颗仙人球，此次花开在最大的一颗仙人球身上。与她们结缘于何日，相处多少年，因何将她们领进了我的花园，无法从记忆里翻查。猜想，不是春秋，便是冬夏。

在繁茂的花草树木密植，蔬菜瓜藤蔓爬的园子里，她们长在哪里，怎样生存，浇灌没有，从未进入过我的视线，实属将其漠然。

一枝含苞玉立，若雨洗初晴；一枝斜倚盛放，如淑贞妩媚。

昨日清晨，又去见仙人掌花，待放这株，却俯卧羞韬，不待召见。业已盛开的花朵，则傲然挺立，芳华诱人。

想见仙人球花，已然成了我的思恋。今天早上，再临百草花园，两花竞相绽放，含情相迎。我俯嗅花蕊，嫩雅沁心。

几只鸟儿在葡萄架上起哄，我猛然抬头，惊鸟一边翩飞，一边鸣唱。

我望着鸟儿向高远处飞翔，眼底里，却满是我心中想要的仙人球花在尽情地盛放……

2016 年 5 月 18 日

幸遇无花果

应南充市明兰园农业专业合作社社长彭女士的邀请，我前往该社无花果园区基地参观学习。

该园区位于本市嘉陵区大通镇篦子桥村，距离大通高速公路出入口，尚需 15 分钟的车程。

园区内成片的无花果树映入眼帘，那欲滴的绿，沁心入肺。每根枝条的每个节点上亦如竹签串成糖葫芦状的果，青涩的，喜爱可掬；成熟的，引诱味觉；放入口中，甘甜若蜜。

该园拥有 500 余亩流转土地规模，种植无花果和柠檬树，两个水塘内养殖着土鱼。

预计柠檬树将会在明年挂果。鱼塘的鱼，将在今年的晚秋或初冬季节开始对外出售或垂钓。

彭社长曾经了解到，无花果对人体具有许多有益的重要功效，征求专家的意见后，便大举投资，将无花果发展成了该市最大的生产基地。

果园里安装的二十余盏太阳能杀虫灯，不仅不用农药杀虫，保证了水果无公害、绿色环保、生态自然的品质，而且，在山村的夜里，发出的光亮，分外耀眼。

无花果本来无花，她如芝麻般渐次挂满翠绿的枝丫，自七月初，至十月底，每天皆为收摘果子的时节。望着这丰收在望的景象，彭社长的脸上，洋溢着灿烂的笑靥，彭社长的心里，绽放出喜悦的花蕊。

然而，当我向彭社长问及无花果的价格时，她却轻轻地皱着眉头，因为各种成本之高，给了她巨大的压力。

彭社长告诉我，她正在制定无花果育苗计划。明年的春季，将会有大批无花果幼苗向社会供应，届时，既可以满足专业客户的批量需要，又可以保障种花爱好者和城市屋顶、阳台、私家花园配置、社区绿化点缀以及农村庭院经济栽种的微量需求。

参观结束时，彭会长让我把她精心培植的优质绿色环保的无花果向我的朋友们介绍，我当时只是微微地点头不语，此前对无花果的功能不甚了解，并担心该果品缺乏"公信力"而犹豫。

在电脑上输入"无花果"三个字，屏幕上出来了许多关于无花果的介绍，从制成菜品到药用防治疑难杂症，从泡制茶饮到炖调汤羹。全部的好，了无任何副作用，让我十分惊讶！信手摘抄两段介绍其功效的文字，予您飨享。

"味甘，性凉。归经：肺；胃；大肠经。功能主治：清热生津；健脾开胃；解毒消肿。主咽喉肿痛；燥咳声嘶；乳汁稀少；肠热便秘；食欲不振；消化不良，泄泻痢疾；痈肿；癣疾。"

"孕妇宜常吃适量的无花果。因为无花果不仅有丰富的营养成分，还能够治疗痔疮及通乳。中国医学在长期的临床实践中总结无花果的性质平和，味甘，能够健胃，清肠，消肿解毒，可以用来治疗肠炎，痢疾，便秘，痔疮，喉痛及痈疮疥癣等。"

由此，我终于鼓起了勇气，欣然地将彭社长的无花果推荐给您。

2016 年 8 月 7 日上午

山路蜿蜒情悠长

杨家镇伏岭村是一条三面环山、呈 U 字形状的深深沟壑，坐落于蓬安县的东南边域，U 字形底部山丘的背面与营山县星火镇毗连。

市里下派到伏岭村的第一书记王女士告诉我，该村村民们全部用粮食饲养的猪，已经可以出栏，由于山高路远，当地收猪者压价收购，农户不愿意与他们交易，希望我们能够利用信息广阔的优势，帮助他们将其喂肥的猪对外销售。

近日（25 日），我约上建勇先生一同前往伏岭村。上午十点左右，在该村委办公室见到王书记，王书记喜悦的热情，如初冬的菊花绽放在她彤红的脸上。寒暄少顷，我们便走村入户，察看农户的养殖情况。

村里的乡亲，多数居住在山上，新铺设的 3.5 米宽混凝土村道公路，自村口蜿蜒地沿着农房，环绕山肩，再到村口闭合成环状，然后沿着一条较为宽阔的道路，通向外面的世界。

零星点缀在村路两旁的房屋，犹如长藤枝蔓结上的瓜，温馨而朴实。筑路凿开的岩土，亦若人体发肤之创口，从留下鲜嫩的印痕里，散发出的泥土气息，在空气中萦回缭绕。

村路右侧小湾处，80 岁的唐大爷和他的老伴刚把其饲养的九只黑山羊放牧在房前的土坎上，见我们到来，欢喜地带我们越过布满稀泥的院坝，迎坐在堂屋的条凳上，大娘端出热气蒸腾的清茶，然后眉飞色舞地叙说她放羊吃草、全部用粮食喂猪的经过，眼里流露出的期盼十分明朗。

陈大哥的房屋，需要从村道公路边蹬上一段石阶，老陈站在屋檐下向我们招手相迎，憨厚地笑而不语。在村委会黄书记的提示下，他便恍然大悟地引我们去到猪圈。圈里两头毛白皮红、膘肥体壮的大猪，浑然不知我们嗜血食肉而来，天真地摇头摆尾示人以友好，看者不禁泛起恻隐之心。

沿着村路两边生长的石头上，镌刻着用红色油漆渲染的诸如"百善孝为先""诚信做人""自强不息""奋发图强""天道酬勤""常怀感恩之心""邻里和睦"等充满正能量的标语，昭示着道路修好了，与外界的接触方便了，村民们须常葆曾经的民风淳朴、民心善良与民意真诚的优秀品质和良好习性。每见一处石头上醒目的石刻，我们都要驻足停留，享受着其朴实的景色和浓烈的寓意带来的心情愉悦。

我们来到"勤能补拙"的石刻旁观摩时，不远处的蒋大嫂在她的房前向我们吆喝，我们便向她走进，她掷地有声、滔滔不绝地细说其喂猪所用的饲料，全部用的是玉米、麦麸、苕藤、红苕、谷子、谷糠、蔬菜等，没有添喂市场上的任何加工饲料。为了将辛苦一年喂大的肥猪，能够以稍微好一点的价格卖出去，蒋嫂如数家珍般地真切"演说"，眼里放射出真实的光芒，灼烧着听者心里的疼痛。

时间，不知不觉地转到了正午时分。在下山的路上，王书记向我们反复强调村民养猪情况的真实，我侧身认真地读着她真诚的眼睛、真诚的话语和一脸的希冀，看到她已经把自己的身心投入到了伏岭村的山山水水和一草一木，把精力运用到了伏岭村村民们的柴米油盐酱醋茶和衣食住行，心里不由得升腾起由衷的钦佩之情。

今夜，一如往日地宁静，而我的思绪却在回荡沸腾。农民父老率真朴实的期盼，深深地潆牵我殷殷的情。真可谓是山路蜿蜒情悠长啊！

2016 年 11 月 27 日夜

走"远亲"

　　昨日（24日）下午，夫人的二舅舅来电话说，幺嬢的女儿定于今天接儿媳妇，在老家大山村设宴为她的儿子儿媳举行婚礼，捎信让我们去喝喜酒。

　　我立刻改变了日程安排，将此前已经约好兄弟姊妹今天到我家团年的时间，改在了明日。

　　今天，上午十点钟的阳光，从轻云中倾泻而下，让笼罩在城市空间的烟雾，弥漫着淡淡的晕晖，增添了几许妖娆的姿色。

　　乘车，上高速、经国道、入村路，越走，目之所及越敞亮。

　　目的地到了，亲戚的家在村道旁，阶沿边垒起的炉灶上，冒着白烟，吱吱作响，喷溢出浓浓的荤香。院坝里摆满迎客的桌凳，等望着宾朋。简约的婚礼台与朴实的小平房比肩映衬，土洋相契合，城乡互融洽，隐隐地透出山里娃在城里打拼后，开阔了视野、增加了远见、改变了生命运行轨迹的印痕。

　　为了想要的生活，亲友们离开故土，各自在不同的城市州郡忙碌耕耘，相互间鲜有往来，有的甚至模糊了记忆，让近戚变成了"远亲"，在互致问候中再次熟悉，久违的愧疚之感在相逢的喜悦中被抚触。尚有未曾谋面的亲戚在二舅舅的引介下，相互表现出巨大的热情，相知已久，相见今日，从心里泛起的亲情暖流，在低回，在涌动，在升腾。撩过亲友们灿烂的表情，似乎都在努力地将对方的身影贮存。

正午时分，阳光化开了薄雾，暖暖地照耀着相聚满院庆贺婚礼的人群，新郎倜傥潇洒，新娘披纱轻盈，宾朋们兴致盎然，主持人风雅煽情，为小院增加了浪漫，平添了热烈，给小村律动了欢乐的气氛。

亲戚家房前的菜畦地，油油的绿，清爽浑欲的眼。屋后的山坡上，泛泛的青，招惹心底的欢。落叶树静静地休眠，储存着苏醒的能量，枯黄草覆盖着植根的大地，积聚着复活的温度。我喜欢呼吸田野气息的习惯，难以改变；我深爱山村花草树木的情结，难以割舍。

冬阳斜射在山坳，霞光闪烁。宴毕，来宾们纷纷散场，亲戚间，老人们互道珍重的话语绵绵不尽，体现相见稀疏、相聚难分别的依恋。后辈们握手抚肩相送不停步，表达亲情相递延、情谊更深切的期许。

是夜，静静地思索，我们应放缓前行的节奏，增加亲友互访的密度，扩充生活中的温暖元素；须让远亲若近戚，别把近戚当外客，补足当下的生活味道，丰厚未来的人生底色。

且唯愿：

华夏儿女生活、工作、事业，遂心如意！
新朋老友亲情、友情、爱情，情愫深深！

2017 年 1 月 25 日夜

西域之行

参加一带一路中亚经贸学习和考察，我们兴致盎然地开始了西域之行。

这方的天空如海面般深邃湛蓝，这里的地势若海底一样沟壑纵横。

在飞机上俯瞰乌鲁木齐，貌似环山围护，荒漠绕城。

太阳热辣高照，万里无垠；天空明净如镜，不染纤尘；轻风疏过城市的绿树花草，行走在阴影下凉爽舒心。

我把启程时的念想和初来乍到的感悟写成拙诗，放在朋友圈里，权且用作记录生活过往经历的日志记忆功能。

岂料，新疆朋友的信息却纷至沓来。

俊明从和田打来电话，要来乌市看我，和田、乌市相距三千里，受到我的严词坚拒。

乌市的盛明要与我相聚，我难以找到托词，便"拨冗"时间，勉强应允便做好了约定。

昌吉的晓东朋友先后重复发来微信和短信，我没有及时阅看。晓东打电话问候，并告诉我，他已邀约乌市附近的朋友和我相会，我不仅辞谢未果，晓东还强词说服我取消与盛明约定的聚会，改由他来安排。情真意切，我只得更弦易辙。

几近傍晚时分，晓东来接上我和盛明等朋友，驱车迎着耀眼的霞光，欢快地驰行。

从相距二百四十多里的石河子赶来的蒋程，乌市的李铸、小王等朋友，早已等在那里，热情相迎。

博尔塔地区的马、闫和红荣等好友，尚在不断地与我联系见面事宜，时适垂问我的行程。

问世间情为何物，物以类聚，人以群分；看人间友谊疏密，谈笑有鸿儒，往来无白丁。

2017 年 7 月 8 日凌晨四点于博乐

人间情谊

昨日（15日），在蓉城参加一天的会议，近晚结束。

本来乘动车回家，智多星李其衷先生热情安排我与他同乘轻车返程。伴着初冬的寒风，开始穿越城市浩如烟海的车流。

车堵人怨之时，倦意慢慢袭来，不知不觉间，身心在梦境里瞭望天高云淡，笑看尘世风情。

自然醒来时，轻车在旷野中的高速公路上驰骋，心情愉悦舒爽。

未敢忘却浏览手机信息，读到记者汪仁洪社长打来的数个未接来电信息时，猛然记起他此前告知我异邦马来半岛的一位朋友，来到了果州，邀我作陪。原来 120 公里 / 小时的车速，此时犹显太慢，心欲提速而口不能言，双脚的指尖则在车厢内使劲地助力，期冀增速前行。

目的地将到时，同行的海平兄弟热情之至，盛情邀约大家共进晚餐，同时，还邀请了谭植易大师同桌话叙。难却谢绝，便恭然从命。

席间，谭大师谈天论地说易经，风雨历程侃人生，观山望水测未来。言者在海吹神聊里释放人与自然的相互感应，听众在云行雾绕中被点化自然的运行规律。知其然，而不知其所以然的相信与疑惑之间，为我们带来了浓浓的兴趣。不觉之中，把时间叠得又厚又短。

然而，仁洪先生却把时间等得又细又长，三番五次的电话催促，我便接二连三地编造借口把时间拖延。

烹饪协会会长谢君宪也来电话催逼，质问我是否与他相识。

果城不知谢君宪，三餐便觉食无味。

等到夜深时刻赴约，汪仁洪用他惯有的人潇洒情洋溢，把我与马来烹饪大师胡朗克（音译）先生热情地做了相互介绍，紧握的手，像老友。

谢君宪补充介绍马来朋友前来与其执掌的烹饪协会访问交流，他所做的菜系，曾招待过宾客奥巴马，感觉黑人的口味，比我重。

烹饪协会秘书长杨儒国的热情，让我差他一个道歉，曾经多次喜相逢，我却居然如初识。我俩举起醇香的美酒，语言别样真诚，强化记忆，以免再度忘却。

一路走来，冷冷淡淡的，是这天象交错运行时节的雪雨风霜；暖意融融，是人间用真情获得的厚谊撩拨心房。

2018 年 11 月 26 日

风清气正好扬帆

　　如果说旅游途中有美丽的邂逅，那么南充市民营企业家协会每年组织的外出旅游考察观光团，则是构建他们相遇相知相互友好交往的基石。

　　昨夜（2019年1月4日），赴美考察团成员陈江朋友多次向协会秘书处申请，终于被同意将协会去年组织的赴美旅游考察团成员聚集在一起，把酒共欢。

　　此次聚会，与上次由林正琼女士于2018年12月18日做东的时间，貌似相隔一年，实则仅隔十五天。昨晚席间，李周祥夫妇又诚挚地发出了下次宴会的邀请。

　　话说2018年10月10日至10月23日的那场，由协会经过近三个月精心组织的赴美旅游观光考察团，从众多的报名者中选择了协会会员和协会友好的政界、商界、文化艺术界等二十五位朋友，组团出境。

　　该团组成后，顺利之中也有些许插曲。团员中，曾经参与过协会组织外出他国考察旅游活动的朋友，都带着期盼、欣悦的心情整装待发；初次打交道者抱持审视、疑虑的思绪彷徨观望。

　　部分疑虑者在通过赴美签证申请后，表达了打算退团的犹豫，由于我有经过悉心准备，广泛征求意见定制的赴美旅游景点线路和商务考察方案，公开比选的旅行服务机构，性价比超高等独特优势，果断地拒绝了有退团想法者的要求，执意要让他们亲身经历。

　　我胸有成竹地向他们言明，我们协会组织的任何活动，一概拒绝分厘回扣，不加收丝毫组织费用。人格方面，不仅具有风清气正，为人干干净净的名节操守，而且还有实实在在地真切奉献和付出，参与者将会享受到高质量高品位的愉悦。如果执意退团，将会留下"过了这个村没这个店"的遗憾。从而安定了他们的情绪。

　　出发前，协会落实了严密的组织架构，设立了由协会会员邓泽荣为书记的临时党支部委员会，建立了由副会长何安玉为团长，张宏标、许甫为副团长的服务组织，下设了服务部，落实了杨絮芬、潘自力、彭秀琼等常务理事或会员负责后勤保障、安全防范、文化娱乐活动等事务。

　　作为一名企业负责人的我，虽然有一干人精心管理，用心经营，让我放心省力，轻松愉快，然而，由于那段时间，需要参加开悟学习、市场调研、经济研讨交流以及文化沙龙等活动，未能与之同行。

　　自该团启程出发的那一刻起，我的心就悬在了他们每一位人士的身上，殚精竭虑地牵绊着本次活动过程中的服务质量、团队安全等诸多方面的问题。由于时差因素，不仅白天浏览该团微里的每一条信息，还要在深夜里或凌晨四五点阅读该团每位成员的微信朋友圈（相册）里适时发送的内容。

　　行程中，大家一路旅行观光，一路淋漓欢畅。有的应感抒发见闻，有的车上引吭高歌。书画家李秀贵激情赋诗，畅述胸臆；企业家潘自力、彭秀琼、陈江等随游倾情填词，表达乐见。好消息不断映入眼帘，涌向大脑，让我暗自快意。

　　他们在欢愉欣赏西方风情的同时，何安玉、张宏标、许甫、潘自力、谢敏等企业家先后设宴犒劳，让同伴们尽意飨享异域风味。

　　十多天的行程，全团朋友满载着莫大的收获与相互之间结下的情谊，喜形于色地回到南充。

　　回国后，继杨絮芬于2018年10月29日召集全团朋友们欢聚后至昨日，彭秀琼、李周祥、林正琼、邓泽荣、陈江等朋友先后做东邀请大家欢聚，在这60余天的时间里，相聚竟达六次，可以窥见团员们通过此次旅行相识相交后的深沉友情。

虽然不赞同"交友需胜己，似我不如无"的古谚，但是，我们在组团时，选择了"习相近，性相似，志相通，道相同"者为伍，结伴而行。再加上协会真诚做事，洁净做人，乐于奉献，把自己所愿和所要做的事，尽力做到极致，绝不容忍自己行事随意和行为敷衍。

古时贤人云：为人切莫用欺心，举头三尺有神明。

当代愚人说：人正心直遂心愿，风清气正好悬帆。

2019 年 1 月 5 日近晚于蓉城

结缘何教授

元宵后的今日，艳阳和煦。

敬邀西华师范大学文学院何希凡教授相聚，让初春的气息沉浸在温暖的心底。

不久前的一个下午，市文联主席李永平先生引荐我与何希凡教授相会，让我在此前远远地与何教授仅仅只是打个照面招手留下依稀记忆的场景，变为近距离的攀谈直达心灵的交流，结下了深刻的情谊之缘。

相处融洽之间，我试着向何教授提出，请他为我拟出版的散文集《拾起一座城市的灵魂》写一篇序言时，没想到，很长时间不与文朋诗友写序的何教授竟欣然应允。他说："在拜金主义盛行的时代，一个务实的企业家，有这样的文学情怀，难能可贵。"

何教授的夸奖，让我倍受鼓舞，并伴羞涩。

晚宴上，我破例暂停了为父亲丁忧戒酒的习俗，举起了酒杯。何教授兴致所至，即席清唱了一段京剧，字正腔圆，身形进入角色，与职业戏骨相较，貌似技高一筹。

从那以后，不爱看电视的我，偶尔会将遥控器调至戏曲频道，选看五六分钟京剧节目。这得益于何教授给予的启蒙，让我在华夏民族博大精深的文化遗产目录中，多了对京剧的喜欢。

今夜，我将散文清样稿呈送何教授时，见何教授笑容可掬，我便让朋友帮我与何教授合影，一则作为留念，二则我十分享受这份简洁高雅的仪式感。

何教授得知我还有两本诗集《你是我的刚刚好》《生命的牧放》时，问我由谁写序，我回答不要序时，何教授认为诗集也应该有序言，并向我推荐了西华师范大学新闻传播学院院长王远舟教授。我陡然对何教授的品性人格更生敬意，同一所大学，同样的作家、诗人，居然如此相亲相敬而没有流露丝毫相轻的痕迹，真是难能可贵。

闲聊中，当我把十多年来对社会生活的观察、经济发展的研究、国际形势的预判，以及对地方区域经济的战略规划建议等文章结集成册，暂定书名《我对这方热土爱得深沉》介绍给何教授时，他给予了我极大鼓励。

游走在浮华尘世之中，寻求一方净土，是我身心想要获得的幽闲安歇；混迹于以金钱衡量个人价值的维度空间，回归一袭清新自然与脱俗的淡雅，是我思维希望放纵的不羁领域；徜徉于人海茫茫的喧哗路上，投向自我设定的人生伊甸园，是我灵魂追逐的深情彼岸。

2019 年 2 月 21 日深夜

难忘今夜

下午三点左右，我刚从午睡的沉梦中醒来。照例将手机自充电线上拔下，然后浏览其中信息。

当看到表弟俊明放在"合家欢"微信群里他老家房屋的图片时，我马上给他打电话，一惊一乍地问："兄弟，你回故乡了吗？"俊明说："我在老家，马上返疆回单位。"

我执拗地请他晚上相聚，遂邀来亲友中的兄弟姐妹们作陪。

宴席上，把酒言欢，忘记了酒是穿肠的迷魂毒药，三杯两盏纯粮白酒，从口中毫无顾忌地吞进胃里，言语渐渐地被琼浆从肚子里赶撵出来，如水滔滔，此起彼伏。手足慢慢地被玉液控制了神经末梢，不由自主，兴奋张扬。

俊明受到场景气氛的感染，主动在座位上清唱了他作词的歌曲《和草原姑娘唱草原》，击掌敲桌的节拍与洪亮的嗓音，激荡心弦，震颤出沁人肺腑的愉悦。意犹未尽之时，他离席即兴独自跳起了新疆舞蹈赛奶姆，刚劲壮硕的身影和娴熟潇洒的风姿，透视出他或许是活跃于欢乐场上的一枚雅客。

既而，俊明将他著写的散文作品放在亲友群里与我们分享。

在浏览俊明的散文篇章中，我盯住了《那一天》和《第一次》，文中分别记录了他从每一次或那一天命运轨迹转换的那一刹那开始，所历经许多刻骨铭心的过程片段。

　　成长中的烦恼，学习中的刻薄，劳动中的艰辛，军旅生涯中的锤炼，转业择职去向的抉择拷问，职场事业中的纷纭与从容，获得荣誉的喜悦与激动，结婚安家后的繁衍生息，凡此种种，他的笔尖，留下了他生活的跌宕和起伏，生命的曼妙与鲜活。看得我神情痴痴入醉，读得我眼角泪花闪烁。

　　在偏僻的小山村里生养成长，在泥土地里耕种播撒，在军营练场摸爬滚打，其卧薪尝胆，其顽强坚韧，练就了圆润于社会各种场合都能淡定地端出精到的才华，鹤立鸡群。目的只有一个，让卑微的人生，焕发出瞩目的光芒。

　　作为一介布衣，我欣赏俊明，用他浩博多才的智慧和吃苦耐劳的力量，为我们的脸面，贴上了金黄；为我们的亲人，增添了光彩；为我们前行的方向，插上了路标。

　　欢愉的今夜，俊明给了我平庸的思维一袭清醒的气流，神情为之振奋；记住今夜，自此我将重新审视自己的人生印痕，应当留下何种模样；难忘今夜，俊明展示燃烧岁月中的人生精粹，将用于助推慵懒的我转变为积极向上。

　　假以时日，我将把今夜，作为提笔书写那一天的时间开端。

2019 年 3 月 15 日深夜

德者风范

5月21日下午，蜚声中国文坛和新闻界的周笃文老师为我们带来了《继雅开新说诗词》的精彩演讲。

周老师在创作诗词歌赋楹联曲艺等文学体裁的讲座中，从素材积累、生活捕捉、立意角度、表达方法、打磨提炼等方方面面的要素，侃侃而谈，如数家珍；穿插举例说明，信手拈来，运用自如；吟诵诗词歌赋，音韵娴熟流畅，音域顿挫抑扬，将听众带入古代归隐山林的文人雅士，把酒放歌的情境再现；传授写作技巧，若竹筒倒豆子，毫无保留地分享他精深的知识智慧。

洋洋洒洒两个小时的演讲，没有课件辅助，没有文稿照念，却口若悬河，滔滔不绝。

由此可以窥见周老师炉火纯青的艺术涵养，乐于奉献的博大胸怀。

课间休息交谈中，周老师得知我与世界伟人同名时，便调侃我还与伟人的神态相似，并笑言我气场强，看上去实诚睿智。我欣喜地、像阿Q般地陶醉在周老师的揶揄之中。

傍晚，周笃文老师在闵凡路总编陪同下，与一帮学员在培训基地大院里，一边轻盈漫步，一路欢声笑语。周老师十分亲切地牵着我的手，边走边兴致盎然地讲述他曾经做客南充的经历。当他回忆参观胡耀邦同志在当时川北行署的办公场所时，听得我眉飞色舞；当他讲到陆游在南充游历过程中留下的佳话轶事时，却让我瞠目结舌。作为南充的原住民，更被仁人志士尊称为一枚儒商的我，竟鲜知陆游在南充的足迹，不禁赧颜汗下。

周老师不仅没有因为我的上述无知而对我有轻视之意，他还问及我的手机号码，我顿感他平易近人、虚怀若谷的高贵品性。

周老师作为原中国新闻学院教授、中外文化研究所所长、国务院表彰的特殊贡献专家、历任中国韵文学会常务理事、中华诗词学会副会长兼秘书长、中华诗词编著中心总编辑，声名显赫又具有较强的亲和力，让我受到心理的感染，获得灵魂的洗礼。

闵凡路总编资深望众，学识渊博而为人亲切，让我由衷钦佩。闵老长期投身于新闻事业，笔耕诗词歌赋。在新华社翻译、《参考消息》编辑、《半月谈》杂志总编辑、新华社副总编辑兼国内部主任、《新华每日电讯》总编辑、高级编辑、《中华辞赋》总编辑、中华诗词学会顾问等岗位上浸淫多年与历练，扬名传媒和文化艺术界。

"中华辞赋第二期高级研讨班"开班仪式前，朋友谢漓江把我介绍给闵总编，闵老热情地握着我的手，嘘寒问暖。

开班以来，闵老为了迎送在国内皆有较大影响的老师们，每天都与我们共同学习，共同生活。每当我与闵老师相遇时，他都热情地称呼我的名字，并且十分高兴地把我介绍给授课老师和相关学员。闵老向老师们介绍我时，都会着重强调，作为一名企业家，具有文学素养和情怀，难能可贵。

面对闵老的鼓励和赞美，我切实地感受到了我人生的旅途不孤独，事业的目标少弯路，生活的追求有意义。

从具有非凡建树和造诣深厚的两位名人身上，我悟出了一个道理：大凡德高望重者，往往倍加和蔼可亲。

2019 年 5 月 21 日

拜访书画家

川东北的季夏，时而浅阳煦照，忽而小雨淅沥；给树草凝露晶莹，让空气澄明清新，施予人们凉爽恬谧，周遭浸润浓郁芬芳。

几日前，采风七宝寺而拙写的散文《浸过漫漫岁月的七宝寺》发出后，引来了众多知晓该寺情况的朋友通过多种方式、不同途径向我提供其相关历史资料和世道变迁的线索，令我感动不已。

其中，民营企业家、七宝寺中学校友何龙江电话告诉我，曾经于该校就读过高中的画家、嘉陵江书画院院长何建军先生，在研究搜集挖掘七宝寺的历史沿革上，下了颇深的功夫。由此，我意欲访问之情，迫切而盎然。

七月七日近晚，在何龙江先生的引领下，我轻轻地敲开了何建军栖居之处的门。

简约的饭厅，布局成匠心运笔创作的画室。

修长的起居室，安放着茶几、画板画架、课桌与书橱，作为带徒泼墨的教场和接友迎客的雅堂。

起居室的椅凳沙发，电视柜旁，都凌乱地摆、挂、铺着一沓沓飘逸的书画幡卷，折射出艺术家不拘小节的秉持。

清幽的卧房，依然书盈四壁，卷帙浩繁。

微风穿堂拂过，满屋的淡墨，一室的书香，沁心入脾。

何建军简单地拾掇了画卷，与我们安坐品茗。

出生于嘉陵区龙泉镇的何建军，命运的轨迹在读书游学、求职谋生、下岗失业、沉浮商海、浸淫书画的历程中，奔波前行；事业如江河中的波峰浪谷，经历着此起彼伏而带来冷暖寒热、喜怒忧欢的跌宕磋磨。

岁月沧桑，沉淀下来的，是他执着追求精进的书画功力晕染绘出的花鸟等作品，照耀着与他相依为命的女儿的生活，简朴而斑斓。

绘画、教画、卖画，已经成为何建军人生的基本色调和主要旋律。他的书画作品被国内外收藏家和相关机构收藏，是对他苦心孤诣创作书画的安慰和奖赏。

谈笑之间，何建军突然送我一幅竹画，我诧问何意。他说："君子为人，虚心劲节。"

慕名的、经人介绍的学生，均已陆续到来。不应打搅何建军先生的授课时间，我带着他相送的与七宝寺有关的口述以及其他信息资料，知趣而暗含几许留恋情绪，款款作别。

小雨歇息后的西天，霞淡云轻。心中念想，祝福正值盛年的画家何建军，在画苑路上走向更加辉煌。

2019 年 7 月 8 日深夜

相遇重阳

昨日（10月7日）的午后，细雨时断时续。陪妈妈外出近郊景点游览拍照的出发时间，定在下午3点。

时间刚到，事先邀请摄影的新媒体采编唯影老师，发信息说他已到达小区门口等候。此前相约漫步论道的文学艺术爱好者唐春辉先生，打电话询问汇合地点。

朋友聚齐后，春辉先生提议，今天是重阳节，陪老妈妈登高望远，既表敬老之情，又符合该节日的本来含义。大家一致应允赞同。

春辉驾车载着我们去到坐落于果城西南方向的石材山，因为纪念舍生义救汉王刘邦的汉将军纪信，在山顶修建开汉楼而闻名。

入景区后的幽深曲径拐弯处，偶遇同乡宗族晚辈彭多文先生陪伴其夫人在此步游，久未谋面，分外热情。岁月的风霜虽然漂白了他们的青丝黑发，但是满面的红光反映他们退休生活的滋润与娴适。他们对充满活力、长相年轻的妈妈，艳羡得赞不绝口，让妈妈全开了笑容频道。仿若，这就是妈妈的喜乐年华。

再往前行，绿树弄婆娑，石阶起苔藓；微风轻轻吹拂，相伴细雨霏霏点点；清新纯净空气，吸满胸腔，揉进心底。

拾级来到石材山山顶广场，开汉楼矗立于广场西侧，纪信雕像镇守其楼大门口，隐约有一夫当关、万夫莫开的虚幻情境。

远见一位身穿安保制服的女士，自竹林间小道巡逻向广场走来。殷勤邀她帮我们一行朋友合影拍照，欣然接受。

查看照片，成像效果非常棒。这位女士在拍摄时，擎举相机的姿势，显得其照相技术十分娴熟认真，包含对焦背景画面，都考虑得细致入微，引起大家由衷的钦佩。

我不由肃然起敬，定睛看她胸牌，记住了她的芳名叫王春蓉，系该风景区安保组组长。

当王女士看到妈妈慈祥端庄、优雅可爱时，便主动把刚刚关闭的人造瀑布启闸重开，让妈妈观看，并将我们带到瀑布前，帮助我和我们一行与妈妈合影留念。

王女士的优质服务是馈赠给妈妈最有意义最具价值的礼物。

我思忖着，王女士照相技术的成熟，也许是平时经常应游客所求拍照而沉淀经验的结果，她对游客的热情服务，也体现了该景区服务人员为旅客所想的优良素质与风范。

翠竹掩映下的小路，坡缓弯环，徜徉其上，心情舒畅，好似脚底生风。

信步至景区三岔路口，巧遇大智大慧的卓越公职人士李先生，他独行于此，抓住假期的尾巴，登高东瞰城市壮丽美景，西望乡野村庄田园。他抚着妈妈的肩，极像亲儿子一样留下亲昵的影像。

游玩期间，先后分别与媒体仁洪、小帆、小敏以及德隆望尊的公职人士辉和，艺术表演爱好者孤沐青月等朋友通电话言谈其他事宜，当他们得知我与妈妈在一起时，他们皆激情地为妈妈送来节日的问候和祝福。

烟雨朦胧斜阳遮，未见黄昏已暮色。

不知不觉间，时光已迫近晚。返回途中，领首低看绿树竹枝丛里，兰草茵茵如也，芬芳扑鼻；环顾平视近前远方人流中的朋友，似水柔情，风华温婉。

读书记得一语，大意是，用最好的瓷去触碰最好的瓷器，方能发出悦耳的声音。

我开言，用最好的精气神和正义力量，相遇最好的友缘，追寻动人的旋律，剔除和涤荡过往的杂烩侵蚀心里的阴霾，相与情操高雅人士携手走过生活的荒原，迈向人生的康庄。

2019 年 10 月 8 日

心灵荡涤

2019年10月9日上午，微风习习，细雨霏霏，青烟在城外山岗上缭绕。

南充市高层次人才"弘扬爱国奋斗精神，建功立业新时代"主题培训班在张思德干部学院正式开班。本次培训活动的主要内容是围绕红色革命斗争的历史和"两德"精神，加强对高层次人才的政治引领，进一步引导专家人才坚定理想信念，用奋斗书写爱国，为南充经济社会事业发展建功立业。

本次培训主要采取专题讲座、现场教学、体验教学、模拟教学、主题班会等多种形式，让学员们经历了一次深刻的精神洗礼和主题教育，进一步增强了学员们的爱国热情，坚定了在新时代建功立业的信心和决心。

在大邑县安仁镇教学现场，大家来到坐落于此的全国爱国主义教育基地建川博物馆群落，映入眼帘的博物馆，绿树掩映，空气芬芳，竹树苍翠茂密，道路洁净幽远。

陈列抗战文物的中流砥柱馆，展示了中国共产党领导的敌后战场抗日历史。

正面战场馆以无可辩驳的史料和铁的证据，揭露了日本侵略者的侵华罪行。

上述两馆，以饱满的爱国热情讴歌了中华儿女抗击侵略者的伟大壮举。参观飞虎奇兵馆、不屈战俘馆、川军抗战馆、中国老兵手印广场、中国壮士群雕广场等，沉思在抗日烽火连天岁月，中国人民前仆后继、浴血奋战地英勇反击外敌的想象情景中。崇敬抗日先烈之情，油然而生。

在巴中特训基地，学员们穿上红军装，体验红军战斗和生活，接受革命岁月情景模拟、强化队伍队列训练、接受严格纪律教育等军事训练，让学员们在思想上不忘初心，自发学习红四方面军艰苦卓绝的奋斗精神；在行为上中规守矩，自觉懂得立正稍息。

在专题讲座上，张思德干部学院副院长刘敏为大家分享了《从中共党史汲取"不忘初心牢记使命"的精神力量》的党性教育专题讲座，语言生动感人，事实翔实而精彩。

在川陕苏区首府所在地通江，迎着雨后初霁的阳光，学员们怀着崇敬的心情，参观红四方面军总指挥部旧址，深切缅怀了以徐向前为总指挥的红四方面军的丰功伟绩，感慨新中国的建立是千千万万革命先烈抛头颅洒热血，前仆后继换来的。作为后来的建设者，没有任何理由不为中华民族的伟大复兴贡献微薄之力。

在川陕革命烈士陵园，全体学员在带班老师的组织下，向川陕革命斗争中牺牲的无名烈士群墓敬献花篮，上党课，学员中的共产党员重温入党誓词，听守墓人讲故事。凝望万千长眠于此的革命先烈，激起心灵的震撼；注目红军烈士纪念墙上记录着的年轻而颇具才华的生命，掀起思想的涤荡。

一个个绚丽的青春年华，一条条灿烂的鲜嫩生命，义无反顾地奉献给了正义而伟大的革命斗争。其悲壮惨烈，感天动地，歌也嘤嘤，泣也嘤嘤。

带班老师肃立在烈士墓前，动情地讲述红军为革命斗争英勇悲壮的故事。她说："我们为一些重伤人员壮烈牺牲、红军将士们的壮举所感动，同时，也警醒着我们，当我们在工作学习中遇到一些困难而心灰意冷的时候，当我们面对艰难险阻的时候，当我们由于心态失衡而忧伤纠结的时候，不妨到王坪烈士陵园来，看看远处的山，看看长年在这里的烈士，看看世代不求回报守护陵园的老百姓，看过之后，你再仔细想想，就会感到没有什么困难不能克服，没有什么思虑不能舍弃，没有什么理由患得患失。"

讲解者不时潸然泪下，听者哽噎难言。

此次主题培训活动安排的爱国主义教育基地和红色革命根据地教育基地，相距甚远，时间紧凑，内容丰富。学员们在路途中也未闲着，在驰越的车上，大家相互交流参观感想，并用歌声、诗词等方式表达了对祖国母亲70华诞的祝福，既交流了学习心得体会，抒发了学习感想，又增进了相互之间的了解，加深了友谊。

晴朗的午后时光，旅车迎着偏西太阳胭红的霞辉，载着全体受教者沉重的心情，缓缓地离开川陕革命烈士陵园。

一次心灵洗礼与灵魂涤荡的红色主题培训活动，圆满地落下帷幕。

2019 年 10 月 21 日

摄界之芬芳

今日（26 日）清晨 7 点 30 分，我从睡梦中醒来，感受气候依然如昨，寒冷在床前守候，未曾退去。

8 点，别却慵懒，动作迟缓地起床，纯属勉强。

脑海里搜索今天的工作事宜，蓦然想起，11 月 16 日，中国摄影旅游网在云南建水古城召开的年会上，被任命为该网站总部副主席并获得最佳贡献奖的冶万红先生，已于前日（24 日）回到果城故里。休整一天后，为他举行接风和祝贺仪式，今日正当时。

相识冶万红先生，缘于三年前的一次民间文艺演出活动。作为野风艺术团团长，他的葫芦丝演奏，给我带来了沁心入脾的愉悦；作为摄影师，他拍摄艺术的娴雅，向我传递了视觉快意的享受；作为朋友，他为人处世的谦逊，让我留下了性格友善的记忆。

此后的时日，偶有接触，我们的共同点逐步增加，公约数渐次扩大，相逢便频繁密切。因此，有机会聆听他对自己身世的片段解说。

冶万红先生，出身名门。爷爷商人、慈善家；父亲地下党、官宦。他少年时代的命运，却因"文革"而经历了悲惨生活。

当时，十来岁的冶万红，遭遇靠拾煤渣、摘树叶、捡垃圾堆里烂菜叶等维系生命的经历，为他往后追求人生目标的顽强拼搏、不懈进击的精神，蕴藏了不竭动力。

　　从小学四年级中断学业，到改革开放后相继取得大专、大学学历，玉汝于成。从十四岁当知青在农村八年，到十届三中全会后被招为石油单位的一名野外作业工人，成长为中石油知名电视、新闻、图片记者，涉足文艺宣传表演、戏曲编剧等岗位工作，样样出色。

　　我十分欣赏他追求事业而忘却一切、勇于前行、如入无人之境的那份执着。

　　今天，我以个人的名义，邀请部分好友代表，热情洋溢地举行了"彭小平先生祝贺冶万红先生当选中国摄影网总部副主席座谈活动"，自认为简约而高雅，别样的仪式感令人分外开心，柔和气氛释放出的温馨，十分强烈。

　　朋友们纷纷把最美的祝福送给冶万红先生的同时，还发自内心地奉献了难能可贵的建言。

　　易青海说："摄影与旅游合作交媾，相得益彰。"

　　唐敏说："摄影与新闻媒体应完美融合，相辅相成。"

　　杨帆说："摄影须争取官方购买服务，以期获得资金支持。"

　　张定茂说："摄影与广告业无隙嫁接，让摄影作品和实体产品携手走向市场。"

　　朱涛说："摄影与经济效益挂钩，与诗词歌赋等文学体裁拉近距离。"

　　彭建强说："摄影要把本地风土人情、经济文化向外推荐，为世界了解南充、知晓四川尽一份摄影人的绵薄之力。"

　　杨依颔说："摄影艺术与其他艺术和谐共生，人生中才有伊甸田园，炊烟牧歌，诗与远方。"

　　冶万红说："背负感恩、感谢、感动的行囊，是他顽强生活、追求事业的永恒引擎。"

　　苦寒成就梅花的绰约与芬芳。德艺双馨的冶万红先生，在摄影艺术领域展现出的独特魅力，丰富了川东北地区人杰地灵的内涵与外延。

　　我因从事的职业与个人兴趣爱好所赐，得以与社会各界人士结缘。将来，凡与我相识相知、人品才华齐辉的社会各界优秀卓越者，我都将以这样简洁大气而隆重炽烈的形式庆贺他们人生的绚丽——与生俱有弘扬真善美的情怀所至。

　　再斟一杯浓浓的美酒同饮，抵御天气侵袭体外的冷冽，满腔热忱地祝福冶万红先生，盎然徜徉于文化表演、摄影艺术道路上，从容自若地创造人生的灿烂辉煌。

2019 年 11 月 27 日夜

嘉陵飘书香

清晨，推窗窥向庭院，乳雾笼罩留白的空间，树梢若水草浸漫海面低眉歇息，房屋像船只倚靠岸边悠然停泊。

微风伴细雨在屋檐外苒苒纷飞，贯入室内，冷凝涵润沧桑的脸。

再向远望，视力不及，脑海中却浮现故乡嘉陵的村野沟壑，被这茫茫的雾霭填满而呈现出人间仙境般的美丽画面，不停地翻转。

水澄澈透明，天空无垠湛蓝。山峻沟狭谷深，丘陵层峦叠嶂，树草类杂种繁，土地贫瘠资源匮乏，乡亲出行爬坡上坎。这就是嘉陵的曾经，全然具备典型穷乡僻壤的标配要件。

就是这样的嘉陵，十一届三中全会后，极度贫困远去已经年。

就是这样的嘉陵，虽然天赐贫穷，却造就了这方儿女不向命运妥协且具有吃苦耐劳、勤奋耕耘、刻苦学习的秉性，谱写了人类文明进步的历史篇章。

且不叙述远古先人行进在茶马古道上百折不挠、生息繁衍的经历，也不描写近代祖宗叱咤红尘场中耕读传家、运筹帷幄的伟绩典故，历代名人的风云事迹，已有过往乡贤士绅、如今文人骚客们赐墨记载，无须我劳心费神。

昨日（29日）下午，有幸应邀参加了嘉陵区相关部门举办的《文化嘉陵丛书》新闻发布会，见证了驻南充市的社会名流揭开遮盖在四本新书上的红色纱巾。

一个个或许嘉陵出生，或许嘉陵工作，抑或心系嘉陵的文人骚客、书画摄影雅士，走心书画嘉陵风光，由愿拍摄时代沧桑，笔墨写下流年故事，著诗抒发本真情感。他们运用不同的文学体裁，采取别样的艺术风格，回望嘉陵先人们留下的古老传说，展示新时代嘉陵的新模样。

《光影嘉陵》摄影书集中，城区一如名家笔下都市，繁花似锦、高楼耸立、鳞次栉比、车攘人往，一派生机盎然之状。

乡村霞光千丝万缕，夕阳落辉血红映天；炊烟缭绕山野，黑夜星火点点。一幅伊甸田园画卷。

也喜厂房蓝色屋顶，工人匠心打造优质产品，一片经济活跃景象。

摄影名家们对嘉陵倾注的爱意情感，呈现予我勾人魂魄的精美图片。

书画精英的佳作成集，靓丽了嘉陵山川原野风景。

《传说嘉陵》，鲜有虚传。作者们在事实基础上亦真亦幻的故事，将流传中的故事进行推演和张扬。听那山水，看那街坊，读那文章，旷远的故事无不在心中沁润着芬芳。

《诗韵嘉陵》，田园牧歌。概览诗词歌赋大咖倾注嘉陵的千种爱意诗文露，万般风情跃书上。

敦厚睿智的晏春先生，集文学创作、书法摄影艺术于一身，受文化情怀和历史使命感的驱动，主持编写《书画嘉陵》《光影嘉陵》《传说嘉陵》奉献了殷殷心血。

德高望重的任静海先生，脱下官服后，结缘于文学艺术。挥毫泼墨，提笔作诗，倜傥潇洒。他于去年底负责编辑了《清风》诗集出版，今次又主编了《诗韵嘉陵》，既圆润着自我的人生，又把作家们用诗词歌赋表达出来的美丽嘉陵与广大读者飨享，留下了汗水，付出了艰辛。

刘献文先生说："嘉陵区是一片热土，历代嘉陵儿女与前来建设嘉陵、服务嘉陵的仁人志士一道，把嘉陵城区装扮得美轮美奂，将乡村大地描绘得诗情画意。更有甚者，在这块土地上，成长了一大批文化艺术人才，让嘉陵的社会事业发展取得了物质文明和精神文明双丰收。"

赵剑波先生介绍："嘉陵历史悠久、文化底蕴厚重。历史上延续了丝绸文化、书院文化、红色文化、民俗文化，近年来又挖掘了孝道文化、长寿文化、茶桑文化，嘉陵文化可谓百花齐放、特色鲜明。在文化的浸润下，嘉陵这方热土也养育了一大批优秀的文人墨客，创作出了一大批精品力作，取得了丰硕成果。《文化嘉陵丛书》的出版，充分展示了嘉山嘉水嘉陵的蓬勃生机，充分体现了佳景佳文佳人的无尽魅力，充分激荡着新时代嘉陵儿女的昂扬斗志。"

是夜，合卷之时，眼底陆续出现嘉陵壮丽而柔美的身影，像蒙太奇一样，不停地回放，愉悦身心。

文化，让嘉陵常飘书香；艺术，使嘉陵更加丰腴。相信嘉陵的明天，会更辉煌！

2019 年 11 月 30 日夜

民间艺术之树常青

从容的脚步迈向簇新的年代，腊月的暖阳释放初春的气息。南充市顺庆区民间文艺家协会"2019年年会暨2020年迎春联欢会"于2020年1月8日在川北重镇果城举行。

我有幸受邀参加此次活动，对该协会奉献的精湛艺术，深受鼓舞，由衷钦佩。对他们未来的宏图心愿，充满期待。

早上九点的时光，天气尚显青涩的模样。活动便在该协会乐队演奏《喜洋洋》《花儿与少年》的暖场音乐声中拉开序幕。

协会主席付先明先生回顾了过往成绩，展望了未来发展目标。

过去的一年，协会在创作、挖掘、抢救、传承民间文艺方面，付出了艰辛努力，取得了辉煌成绩。

文创作品硕果累累。付先明把流行于川北地区的曲艺音乐《四川车灯》改编成民乐合奏《嘉陵欢歌》，深受民众喜爱。

辞赋家朱兴弟作词、付先明作曲的川北民歌《养蚕姑娘采桑忙》，唱响川北大地。

协会将南充市民间文艺家协会主席蒲杰作词、陈庆毅作曲的《采桑谣》编排成四川民歌女声小合唱，受到广大城乡群众的热烈青睐。

民俗艺术家尹吉明的面塑作品多次在四川省非遗活动中闪亮展出，在四川电视台等多家媒体广泛报道，并制作成微电影向社会传播。

青年剪纸艺术家杜华江的剪纸作品，被中国剪纸故乡蔚县收藏并给予奖励。

对外宣传有声有色。协会每月编辑一期简报，图文并茂，宣传报道了协会开展的各种活动，极大地增强了协会的社会知晓度和影响力。

组织架构建立健全。协会成立了民乐团、女子乐团、二胡艺术团、旗袍艺术团、声乐班，每周集中训练排练和讲授文艺知识，培养了大批艺术人才，为协会的发展打下了坚实基础。

演出活动频繁多彩。踊跃参加政府或者有关部门主办的春节、美食节、乡村旅游、社区迎新春等文化演出活动，为提高市民文化素质、丰富人们文化生活，做出了积极贡献。

过去一年取得的丰硕成果，为新的一年更上一层楼增添了百倍信心。付先明激情昂扬地希望全体会员在 2020 年团结一心，积极参加协会组织的各种文艺活动，把优秀的文艺作品奉献给广大民众，为弘扬优秀传统文化和发展壮大协会，奉献自己的智慧和力量。

迎春联欢活动，精彩纷呈。

张川宝独唱《我们这一辈》，音域弘润，豪情奔放。

旗袍秀《秋水伊人》，一梭玉女在一溜油纸伞下，款款深情，袅娜柔媚。

张微、张家易女生二重唱《情歌的故乡》，搅动心海荡漾，鱼水皆欢。

陈玉平独唱《养蚕姑娘采桑忙》，引领人们的思绪来到雄壮秀美的山川，喜闻乡村清香的麦味，乐见田野绿油油的稻浪。

刘仕忠动情演唱《疼爱妈妈》，让听众想起勤劳辛苦的爹娘，泪涌眼帘。

潇洒自如的寇勇，引吭高歌，字正腔圆，把现场气氛推向炽烈高潮。

女子乐团联奏《枉凝眉·葬花吟》，带你观瞻《红楼梦》大观园里一群少女青春叛逆，挣扎着图求理想情爱的悲怨哀凉。

葫芦丝齐奏《月光下的凤尾竹》，音韵悠扬，穿透听者的灵魂，激起爱恋的情愫在微风轻梳竹影斑驳、婆娑起舞的场景中，热血充盈。

二胡齐奏《良宵》《赛马》，忽而万籁俱静，忽而众马奔腾，喜庆的气氛跌宕起伏、抑扬顿挫。

无论酷暑严寒，只要乡村父老有所需求，他们鲜靓的身影，皆在旷野荒原散发芬芳。不管四季冷暖，为了厚植小城文化元素，他们挥洒汗水的味道，都在街巷角落缭绕飘扬。

他们，不自惭地位卑微，把挚爱的艺术提炼到卓越与极致；他们，不形秽层次低下，将自己愿做的事情当成生命的寄托。

这厢民间艺术家协会成员，都有一种阳光、健康、向上的精神力量，"苔花若米小，也学牡丹开"。

愿深根于基层土壤的民间文艺之树长青。

2020 年 1 月 9 日上午于蓉城会议间隙

公园遇见别样景

时近傍晚，路过西湖公园，顺便进去悠逛。

嫣红的桃花挂满树枝，滤过口罩的气息虽然疏淡了沁人的芬芳，清新的空气却直入肺脾。绿叶的根部，长出了茸茸的蕊蕾，含苞欲放。

斜阳底下，树木丛中，林荫道上，稀稀拉拉的人们，恣意漫步，盎然徜徉。

结伴相游者，也为数不少。定睛凝视上部半张脸蛋的轮廓，如若分辨出是熟识的朋友，我便在五米以外就用语言和手势交流，相互表现出久未谋面的惊喜与愉悦。

"张总，这是你自己的夫人吧。"在廊桥上相遇张建勇时，他右手与身旁女士左手十指相扣。我如是招呼，满脸堆起十二分的认真和热情。

"当然，如假包换。"

"给自己的老婆公开献媚，难得。"我向张总竖起了大拇指。

他俩的快乐，喜上眉梢。其妻表现出坚定的自信。

湖畔小径上，刘永才搂腰扶肩一女士，大大咧咧地前行。

"永才，这么黏糊的是你自己的夫人吧。"我依然如是招呼，满脸仍旧堆起十二分的认真和热情。

"恭喜你，说对了。"刘永才含羞地将手还原在自己的胯间。

"这种形式主义的亲近就是向老婆表达忏悔之意，有错即改，好男儿。"我向永才竖起了大拇指。

刘永才的口罩忽然凹进入嘴里，他老婆的眉眼上挂满了狐疑。

远远瞧见浓眉大眼、颇具康巴美汉子形象的赵安玉先生，搀着一位沉稳典雅的中年女子，从一边绿树一边桃花相夹的小路上，迈着矫健的步伐，迎面走来，我未语笑先迎。

"兄弟新年好，我是春节后第一次与你嫂子一起出来散步。"安玉先向我打过招呼。

我条件反射似的回问："赵哥，您没有与嫂子一起出来散步不是第一次吧。"

话音未停，乐得嫂夫人笑弯了腰。

瞧那成双成对的身影，俨然一道道别致景色……

人在旅途，步履匆匆。与家人相携相伴的时间，却弥足珍贵。

有些时候，心里怀想，希望把当下的事务忙完后，抽点空闲，与家人好好团聚。

然而，身在江湖，心悬未来。我们常常把沉甸甸的行囊，驮在肩上，扛到一个驿站，稍事歇息，换一换肩，又会向新的方向，负重前行。

就这样勤奋劳顿，日复一日；就这样长途跋涉，月月年年。由此，与家眷相悦时间的期冀，变成了奢求。

今次的经历，也许让我们学会了放下，往后，将会抽出更多的时间，做自己想做的事。

2020 年 2 月 25 日深夜

最是无知阿彭哥

6月2日，夜宿大理古城，感受静谧而温馨的气氛。

翌日早上六点钟醒来，七点钟起床，八点钟早餐。人在旅途的生活程序，似乎都这样按部就班，简约而分明。

接近九点，与友人商议，决定放弃自助观光，便在当地选择了一家旅行社跟团出游。

此刻，太阳挂在无垠的天空，洒下金色的辉煌，带给游人和煦的清凉；微风自葱茂的树梢间拂来，裹挟春城馥郁的花香，直抵旅客亢奋的心脾。

资深导游杨芬女士，热情适度，落落大方。待人具有一定的尺度，知识拥有一定的宽度，专业领有一定的长度。她口若莲花、侃侃而谈，当地风土人情、历史文化、轶闻趣事、地理风貌等，熟稔于心。大理的一草一木、一花一树、一枝一叶，似乎都植入其脑海。

"您好！阿彭哥，欢迎您来大理游玩。"初见杨导游时，清脆愉悦的问候，蜜一般在耳轮边黏糊。

十九座巴士，乘载仅有十一人却来自华夏不同省份，被拼凑而成的旅行团，在西景线的沃野平畴上风驰电掣。

沿途风景在车窗外飞速掠过，目不暇接。玉米秸秆碧绿修长，卷烟叶片青翠浅黛，稚嫩秧苗油油茵茵，路旁列树迎风婆娑。巍峨挺拔、雄伟壮观的云岭山脉南端主峰苍山，在洱源邓川和下关天生桥之间逶迤绵延，与澄澈明净、风景秀丽的洱海遥相辉映。

因为头天晚上翻书阅读至深宵才就寝入寐，纵使这方土地风光旖旎，导游讲解技巧精湛，但终究没能挡住沉沉睡意。大脑在迷迷瞪瞪的幻觉中，似眠似醒，摄入眼帘的景致风物或导游解说的故事情节，时而模糊，时而清晰。

旅车到达苍山云弄峰下停车场，我们走向索道检票口，服务员戴着口罩，上半张脸蛋露出一双凤眼和一对弯眉，轻声地招呼："您好，阿彭哥，请出示门票。"她那温柔的语调，差点酥软了我坚硬的骨骼。

刚刚迈进索道入口，紧随其后的男士与我一样，受到服务员同样的礼遇。

乘坐索道匀速而上，风从山间吹来，温馨沁脾；悬挂在钢绳上的轿厢，悠悠微摆，若荡秋千般舒爽惬意。俯瞰瞭望，苍山洱海的精致长相几乎尽收眼底。白墙灰瓦的民房，有的挤挤挨挨、有的星罗棋布地坐落在苍山脚下洱海岸边的田园之中。那一片富丽景象，饱含山水之间的原乡形态和牧歌情怀，让人陡生羡慕之意。

来到索道顶端，经过购物通道，我和另外两位男士不约而同地站在一位俊俏姣好美女的售货摊前挑选商品，该美女面含嫣红的微笑，浅张樱桃般嘴唇向我们招呼："三位阿彭哥，上午好！谢谢你们欣赏我家销售的精美旅游礼品。"从售货员口中得知，散团里居然还有与我同姓者，我惊奇的眼神里，传导着一袭暗喜，直逼胸中剧烈地跳动。

跨过购物走廊，进入天龙洞。洞中冷风飕飕，光线幽暗；多洞交错纵横，蜿蜒起伏；洞周凹凸无序，怪石嶙峋。到了一处两洞均可出山的分岔口，我独自选择最长最陡峭的山洞爬行。步出洞外时，已是气喘吁吁，汗水涔涔。

为了记下"到此一游"的留念，想请一位貌似摄影爱好者的女士帮我拍照。

这位女士娴熟地按下快门后，让我审视成像效果如何。我说我长得自卑，相片的优劣，不怪摄影技术，全部原因在于自己的容貌。不曾想到该女士微笑地说："阿彭哥挺有气质的。"我被她这番称赞乐得忘乎所以，好像满世界的人都认识我似的，内心涌动着浮躁与轻狂。我好奇地问她怎么会认识我呢，她浅笑不言，头上戴着缀满红白相间花瓣的风花雪夜帽的左侧，垂下一缕齐腰的白色长穗，迎风飘散。

不知不觉中，已经到了午餐时间。

饭店大门两侧人行道上，搭设数排临时货架，挂满了夏款女衣、纱巾、披肩、民族刺绣等时尚靓装配饰，同团女士们纷纷前去挑选。

我们六位男士刚入饭店厅外，店里貌似夫妻模样的一对男女笑容甜蜜地说："欢迎几位阿彭哥光临。"我们都齐刷刷地笑逐颜开，眉飞色舞地入席就座。

用餐之间，我按捺不住内心的喜悦，开言分享该日上午得到良好服务的感慨：大数据时代，人们把智能系统运用到旅游景区真好，主业和派生产业服务人士掌握到旅客信息后，让旅客们受到销售人员如老友相逢般的热情接待，拉近了游客与服务者之间的距离，增加了客服之间亲切与友好的关系。

满席男女听后顿时纷纷嗤嗤地发笑。

受到大家欢声笑语的鼓舞，我的兴奋点更加膨胀，情不自禁地带着十分浓厚的感情色彩，抑扬顿挫地告诉大家，我还十分欣慰的是，在本次短暂的旅游活动中，天南地北的彭姓人士，居然在这个节点相遇相识在同一个散团，真是千古奇缘，我们应当好好珍惜。

话音刚落，就引起同桌人士新一轮哄堂大笑。其间，还有两人把头埋在桌子下面，将嘴里尚未咽进肚里的饭菜都喷洒在了地上。

我所表达的语言，源于发自肺腑的真情流露，自以为把大家的欢乐引向了高潮，尤显自鸣得意。

兴之所至，我又搜肠刮肚地思索新奇见闻准备与大家分享，此时，一位年轻朋友微笑着说："阿彭哥您太逗了。"我回应："不客气，咱们追溯到远古时代是一家人。"我这一张口，又迎来满堂喝彩。

"阿彭哥，我不姓彭而姓张。""我姓李。""我姓杨。""我姓刘。""本人姓周。"

尚未等到我继续说话，桌上男士们自发地顺次报出各自的尊姓。我沉默半晌后，一脸狐疑地问："怎么可能呢，景区服务生等为何都称咱们为阿彭哥呀？"

"阿彭哥，不知道您是真不懂还是装不懂呢，这白族人民的风俗习惯是把女士称为金花，把男士称为'阿鹏哥'而非'阿彭哥'，音同字不同。"那位李姓朋友和颜悦色地告诉我。

顿时，我的脸上犹如火烧般发烫，胸腔如同冰窖一样寒冷。

团队中一女士戏谑地说："阿彭哥，您这般幽默搞笑，在下午的游玩中，可能会遇到白族金花把您留在她们家做三年苦力。"

我不知其所云，无心穷其究竟，心房在害臊发慌和羞愧难当中抽搐。

当我从极度的尴尬中回过神来时，各种埋怨涌入脑际。冥思苦想后，权且把因晚上睡眠不足而致白天在车上补睡回笼觉耽搁聆听导游的讲解，列为被人羞辱事件发生后推卸责任的挡箭牌。

思绪未了，突然想起一句话，送给自己：世界上无知的人也许不少，然而，像我这样斩获无知和愚昧双料头筹者，绝无仅有。

2020 年 6 月 6 日下午

千年银城艺苑乡

　　6月13日，岳池县民宿文化协会乡村文艺采风活动，在该县花园镇（原镇龙乡）举行，我欣然接受了邀请。

　　活动日早晨七点，我们迎着被乌云遮蔽朝阳的部分光芒，自果城出发前往。沿途河流山川之大气与灵秀，让我在车上半睡半醒的状态中，被时张时闭的眼帘摄入脑海，蒙太奇般剪辑、取舍，然后放映和存影。

　　岳池收费站举起匝道栏杆，轻车过后，抬眼望见通往县城的宽绰大道上，矗立一座由重质材料建成的巨大牌坊横跨其间，牌坊上部匾额书写一排"中国曲艺之乡"的字样，激起略有文化情怀的鄙人的心海，飘荡着对这方人民充满兴奋的钦佩和震颤的动感。

　　云集120余位岳池本土民宿文化艺术大师和爱好者们，会心的笑容盈溢于脸上，大家沉浸在欢度佳节般的热情氛围之中。

　　新朋老友相携相伴，信步于村社田埂土坎、农房弄里小巷，饱览了稻田翠绿、山容葱郁、民居简约、猫狗结伴看家护院、鸡鸭同群嬉戏觅食、小桥沉影、溪水静流、土路弯窄、坡缓峰雄等乡村风物与自然景致，犹如幸临一枕梦想中追逐的人生伊甸园。亲身体验了鱼塘抛饵、小河垂钓、果林闻香、花园存照、瓜菜摘取等艳丽流芳的农业增长极，仿若徜徉在美轮美奂的童话仙境。

　　天公有情尽作美。畅游乡村时，人们头顶一片密布浑厚的乌云，遮挡烈日直射照晒。身上拂过阵阵凉爽的惠风，柔软习习。时光带来的舒适与惬意，沁入肺腑。

上午十点，参加活动的人士来到农家乐宴会厅，欣赏会员们自编自导颇具地方特色的诗歌朗诵、戏曲展示、舞蹈表演等节目。

韶华许过的叔姨婶娘，扮着靓妆穿上彩衣戏服登台献艺，曼妙身姿盖过亭亭玉女的百媚千娇，热辣劲舞堪比勇士拉缰在原野策马奔腾。

骨干会员冯平，用他曾经军人的阳刚和自身伟岸的气质，表演的独舞幽默风趣、诙谐滑稽、粗犷豪放，将多种文艺元素合美相融。

植根于县乡婚庆典礼主持的资深美女李岩，卓立舞台，纵情放声高唱时尚歌曲，引惹观众春潮澎湃、血脉偾张、暗流涌动，直叩心弦。

一位不知姓名的盛年雅士，颇具自古书生含酸味、夹杂豪放与羞赧的气息特征，登台即兴赋诗，音韵铿锵，文实契合现场情景，博得满堂掌声。

张安福会长中气十足地表示，凭借岳池文化的深厚底蕴，力图把其民宿文化遗产创造性地保护、传承和弘扬光大；务必集中全体民众的智慧和力量，谱写新时代文化艺术的新篇章。

具有1300余年建县历史的岳池，物华天宝，人杰地灵。生长在这1458平方公里土地上的119万勤劳智慧的岳池儿女，励精图治、奋发向上，先后捣鼓出了中国农家乐的发源地、西部地区第一个中国曲艺之乡、中国输变电之乡、中国白色农业第一乡、中国米粉之乡等殊荣。为祖先争得了骄傲的资本，为自我实现了人生价值，为后人留下了标杆榜样。

岳池除了具有千年鱼米之乡、"川东粮仓"之称外，单就文化艺术传承方面，活跃着灯戏、木偶戏、皮影戏、被单戏、板凳戏、猴戏、川剧折子戏、端公戏、曲艺、杂技等民间艺术，样样俱全；流行的舞狮子、吐火龙、玩彩龙、举龙灯、踩高跷、站平台、弄彩船、打腰鼓、放莲响、扭秧歌、划龙舟等民宿文化，应有尽有。

时间回溯到2011年11月15日，以"挖掘、传承、整理、编辑、研究、弘扬、演艺"民俗文化为目的、贯彻执行政府文化立县战略为宗旨的岳池县民俗文化协会磅礴而出，应运而生。

从那以后，张安福带领该协会核心成员，寻遍银城的山山水水，为挖掘历史文化而奔忙；翻阅浩繁卷帙的典故书籍和方志通史，为研究民俗艺术而劳苦；调动文朋诗友的兴致和热情，为完美演绎传统文化而留下时代印痕。

土生土长的文人骚客，潜心继承先人的衣钵，弘扬传统文化的精华，随着时代的推移而渐次辉煌。

近年来，该县民俗文化协会，直接或间接地把群众运用艺术熏陶修身健体、干部重视文化发展推崇德政、人民乐于民俗表演活动而提升素养的清新风气，逐步引向高潮。

今次活动，有幸结识张安福、李天明、兰良成、补天、释崇扬、赵小军、宋康熙、钟亚光、李德强、唐彪、冯平、黄汉军、蔡智琴、廖晓琴、李岩等岳池本土各怀绝技的民俗文化大师和文苑艺人，既给了我向他们学习、敬仰、敬畏和致敬的良好机会，也是我从事文商旅事业的征程生涯中，最为重要的人际交会之一，我将把他们好好珍藏，列入不可忘却的记忆档案，标注在心里。

2020 年 6 月 14 日下午

朋友待我以佳肴

昨日（24日）的天气，寒冷相伴点点细雨，依然贯满果城，与人形影不离。

9点出门，穿过薄雾浅烟，信步行走在苍茫的路途。

11点，电话商请辞赋学会朱涛副主席邀约班子成员于晚上7点召开工作会议，反馈信息告知：将悉数出席。

下午3点，好友重庆市渝中区四川商会秘书长、重庆志士通企业总经理陈发勇先生来电话告知，他已到达南充，约我喝茶品茗，且有要事相托。

朋友从远方来，自然欣喜快乐。然而，由于我事务繁忙，遂请他来办公室相会，便于我一边处理事务，一边与朋友聊叙交流。这也是我把时间进行立体化运用的方式之一。

傍晚6点，发勇见我忙碌，起身告辞。长期以来，凡朋友托我为其效劳，我都会不假思索地放下自己的事务全力而为之。但是，今晚辞赋学会的工作研究会，关涉的绝非我经商赚钱写文字等让自己获取物质利益与精神徜徉游弋的私事，因而无法将该次会议展期。瞧见发勇转身欲离的背影，身体承载冰凉气候相袭，我心里遭受抱憾之情煎沸，别有一番滋味涌上心头。脑海翻滚着愧疚的情绪，驱使我立即上前请他在公司附近一小餐馆吃面条，心里想着，用多一丁点时间与友相伴，以资安抚和稍弥歉意。

思绪稍事回萦，与友们交谊的过往片段，像蒙太奇般浮现在眼帘。去年初夏，我带一帮民营企业家协会的企业家们考察雄安新区。发勇从我的微信朋友圈里得知我们一行人士返程将飞重庆的信息后，便安排三辆轿车前往机场迎接。公事私事等原因，每次前往或过境重庆，都有在山城打拼事业的乡友热情相待，酪酊欢醉已成常态。

友人待我以佳肴，我却回馈于麦黍。竟然如此薄友朋，情何以堪。

发勇说：“我俩相交，人好水也甜。”

话说这厢，辞赋学会副主席朱兴弟、朱涛，常务理事郑渊等，皆如约而至，会议按时进行。经协商，《西部赋文》将于近日开始发表全国各地文学创作者的原创文学艺术作品，并且，面向社会征文、有奖征文以及学会组织优秀作家、企业家赴省内外文学采风商务考察活动等事项，将陆续实施展开，任重而道远。

接下来，依然忠实地保持做人处事“言必信，行必果”的行为习惯和办事效率雷厉风行的行动能力。时刻告诫自己，谨记“要么不做，要么做了就索性做好”的口头禅，殚精竭虑地践行诺言，绝不做“占据鸡窝不下蛋”的装腔作势的无能之辈。

窃以为，只有这样，才能够勉强对得起朋友对我的包容、海涵、信赖与尊重。

又是浅雾蒙蒙缭绕的今朝九点，发勇兄弟已驾轻车在我楼下等候。我俩欣悦地驰骋在前往拜访高朋的路上。

2020 年 11 月 25 日上午于朋友行进的车上

未有天赋妄吹笙

自从踏入尘世以来，一直传承父辈勤劳善良、低调谦逊的秉性不渝。

时常鞭励自己做一名让社会各界情操高尚、成就卓越者都乐意帮助支持并海涵包容的人。由此，在人生旅途中逡巡徘徊时，大凡逢遇志趣相投、品端行正、恪守人生道义的朋友，皆结下了情深意浓的交谊。见或者长时间未见，眷怀之情，依然驻留在心底。

月黑的今夜，寒风轻习。相与中国摄影旅游网总部副主席、野风艺术团团长冶万红和红菱梅文化传播艺术总监唐春辉等摄影与音乐及表演艺术界朋友浅酌小聚。热情洋溢的氛围，如若翻滚的红油火锅，涤荡的炽烈在心海中升腾跳跃。

频频擎举醇香浓郁的美酒开怀畅饮，更添欢喜愉快的气息。

微醺时，我乘兴表达了对冶万红先生精湛演奏葫芦丝的羡慕。典雅的舞姿，撩拨心弦；悠扬的箫声，扣人魂魄。

满座朋友趁机起哄，让我向冶团长拜师学艺，我俩皆不假思索地全心应允，并击掌笃定。

既然话已说出，便会立即付诸行动，这是我与生俱来的习惯。立刻电话请求琴行朋友延时打烊，诚邀同桌音乐爱好者帮忙选购乐器。

冰冷的夜晚，路灯微明。我们比肩走过车稀人少的街巷，兴致勃勃地来到琴行。

　　经过冶万红老师的试奏，选定了一把质感舒适、音色圆润的竹制七孔降 b 调葫芦丝。

　　将葫芦箫握在手上，仔细端详，喜爱之至，冶老师领我轻抚竹管，飘逸吹奏，思绪如入仙境在云雾里悠游。

　　冶老师的娴熟技巧和浪漫气质，让我尽显初吻音乐艺术的内心窃喜与外表羞涩。

　　唐春辉老师则在旁侧，一边拍照留下我第一次抚箫触琴记录，一边倍加鼓励我早日进入葫芦丝演奏角色，还用带有劝诱之意的语言，听闻之时似乎悦耳动听，期待我明年阳春三月，选择一处灵山秀水场所，用葫芦丝为大家独奏一首欢快乐曲。我竟欣然同意。

　　离开琴行，握别友人，肩跨葫芦丝，脚步轻盈地徜徉在归家的路上，身心温婉飞扬。

　　夜阑人静之时，我将葫芦丝从护套盒里取出，模仿冶老师的形态扭肢摇身。

　　刚吹响差不多一拍时长的声音，夫人抱怨，搅扰邻居。赶紧关上窗户，妻子愠愤，惊扰家人。火一般燃烧的信心，犹被冷水浇凉。

　　激情退却后，暗自思忖。仅凭借一时的冲动，就冀想成就一件事情，能行吗？

　　兴趣、时间、环境、天赋、执着、坚守，许为掌握事物要领不可或缺的要因。

　　能否继续遵循自己的初衷，尚需冶万红、唐春辉等老师是否甘愿辛勤付出和朋友们的鼎力助兴。

2020 年 12 月 21 日

旅观世界

求学新西兰

2015年2月6日，初春的微风掀开薄纱般的雾帘，拂送我们二十名川蜀企业界人士，乘云飞越西南太平洋，着陆新西兰短时停留，开启新年域外求学、考察和商务交流之首。

欢迎仪式简洁而雅致。华裔博士甘开万先生运用惯常的活泼与热情相待，清空了我们刚踏上异域时内心瞬时的怅然与孤独；驻奥克兰总领事先清报先生、领事陈京先生超越固有的稳健和高雅而释放出奔放的激情与和善，让我领略到矜持和深沉的外交官们"怀着热爱"的热血亲情；新西兰国唯一华人议员杨健先生抛却上流人士的内敛和大学士的威仪，载歌献声，燃情欢宴，昭示着海外游子对祖国同胞的殷殷情愫……

奥克兰理工大学（AUT）商学院的教授群体热情、严谨和鼓励师生互动的授课治学特征，配上华裔刘洁忻女士优而雅的流利翻译，让我们顿觉与高深国际新知识不再那么无尽的遥远，与深邃的世界新文化拉近到了可以凝望的距离。

商务交流会谈上，奥克兰市市长林·巴布朗先生在高级华人助理洪承琛先生语音流畅、气质高雅的映衬下，尽显了巴布朗先生的机智、幽默和管理政府事务方面纵横有系、捭阖有度的娴熟和练达，折射出新西兰国家政治的清明，为官的干净，引领其国家富强，人民安居而抱有高度的和谐幸福，逸致闲情。彰显着官员群体在资从政过程中所表现出的寡欲一身轻的潇洒倜傥，洁身自好的坦荡情怀。仿佛我们老祖宗留下的"志士不饮盗泉之水，廉者不受嗟来之食"的高贵品格在该国传承。

克莱斯特彻奇的风景优美如诗，金智健总领事和李忻副总领事偕同鲍勃·帕克市长团队与我们热情交流，勾起了我们同行友人对新国投资的意趣与欲望。

时间，真的如箭似梭，十天的光阴，倏然而过，我们背负着沉沉的行囊，在全程辛勤劳顿的申福俊博士等的欢送下，踏上了归途。

身，由飞机载着浅浅的留恋返航；心，还浸淫摆渡在新西兰深深的峡湾。此刻静坐书房，凝思回望日前新西兰之行：开启的智慧和拓展的视野，为一方社会经济上行向好，将会轻履上高楼，回报知遇恩。

2015 年 2 月 18 日

巴塞罗那狭窄的城市马路

巴塞罗那辖区面积约 102 平方公里，居住着 170 万左右人口，是世界上居住人口最稠密的城市之一。

行进在巴塞罗那城市之中，我为其马路狭窄而车辆行驶通畅而兴趣盎然。

做工考究，古朴典雅，庄重大方的城市建筑群之间，马路十分狭窄，大多数马路为二、三车道宽的机动车道，四车道宽的机动车道极其少见。不仅如此，几乎每一条机动车道上，都规划有停车位：两车道宽的机动车道上，规划一个车道宽的停车位，车辆单向行驶；三车道宽的机动车道上，规划一个车道宽的停车位，车辆实行双向行驶；四车道宽的车道上，两边各规划一个停车位，中间车道车辆实行双向行驶。总的来说，城市马路上，仅有双向二车道留给车辆行驶。更让人称奇的是，马路交叉口圆弧处，也设立了停车位和垃圾桶位。交叉路口处，还偶见书报亭和小商品零售亭。

所有机动车道上，没有设置任何隔离栅栏；所有街道上，既没有见到任何交警指挥车辆，也没有看到任何人员收取停车费。

停车位几乎没有空着，巴士车、小汽车、小货车、摩托车等整齐有序地摆放其上，安然无恙。行车道几乎没有闲着，巴士车、小汽车、小货车、摩托车等鱼贯般行驶在上面，通畅没有阻堵。但，交通信号灯控制和少数行人横穿马路的情形除外。

国内的城市街道，众人皆知，不仅有宽阔的大马路任车辆通行，还有严实的隔离护栏规范车辆通行行为。不仅有众多的交警尽职指挥，还有停车收费人员欲望的双眼侍候。车辆，却堵得车怒人烦！

为什么会这样呢？

是因为我们有宽阔的马路惯成了车辆恣意任性随欲，还是因为巴塞罗那狭窄的公路迫使了车辆自觉恪守规矩？

朋友，您认为呢？

2015 年 10 月 13 日夜记于巴塞罗那

一座城市的涵养

西班牙主要城市的建筑集群，浅黄和乳白色的外观色彩，亮丽明艳。圆拱的门廊和窗户，配以凹凸别致的曲直线条和精美的建筑饰品，雍容华贵。

规模大小参差，风格独特的教堂建筑，星罗棋布于城市空间，成了城市的骨架支撑，成就了蘸写城市历史的一抹浓墨，带给城市庄重与神圣。

老城弄里小巷，狭窄而幽深。特小版型号的访客步入其中，若遇特大版型号的原住民相向行进交汇，将会侧身互让，方能过往。然而，两旁小楼精致典雅，整洁干净，亲近可掬，映衬着小巷含情怡心，弄里留恋迷人。

高雅而庄重的现代建筑，融合古建筑之精华和现代建筑的艺术与科学，辅之以其文化的厚重和建筑大师思想的奔放，集之大成，赋予城市以魅力与诱惑，显化其文明与富足。

比如巴塞罗那的奎尔公园，成就了建筑大师安东尼奥·高迪先生风光无限（已另文简述）；圣家族大教堂，同样是建筑大师安东尼奥·高迪放飞思想惹的祸，他展开丰富的想象设计出了自1882年开始建设到现在，仍是一个未完的在建工程，却早已成为了著名的景点和建筑爱好者取经、学习和观摩之圣地，兴趣之向往。同时，其已被列为世界文化遗产名录，成了西班牙公共建筑的招牌和示范。

许是天佑西班牙人民的祖先，没有繁衍出败家后代对其留下的心血结晶大毁大破，才给予了西班牙建筑荣耀地传承，从而使其祖先的灵魂获得安详与宁静。

许是西班牙民族祖先的后代文明自律，没有为了眼前的利益而对祖先留下的宝贵遗产，实施大拆大建的野蛮行径，才赋予其对历史构筑物严格地守护，从而让其永世流芳。

西班牙的城市街道，由两排建筑退让出较为狭窄的距离而形成，其街面上，布满了人行通道、残疾人专用通道、非机动车道、机动车道和人行驻留座椅、非、机动车停车场位、垃圾桶箱位、电话亭、书籍报刊亭、商品小卖部、公交车棚、广告竖牌等内容繁杂，应有尽有的公共设施，城市管理规划师将其有序地排列定位，加上人们遵守规矩的自觉，使得其布置得当，秩序井然，干净利落，简约舒适，宛若端庄而矜持的女性得体的装扮和优雅的举止，吸引着欣赏者心灵的牵绊如暗恋般的隐痛与愉悦。

一个国家或民族的人文素养，文化积淀的厚重与否，内化于历史文化的记录与传承，外显于历代建筑产品的完美演绎和提升。尊重古建筑，是民族子孙对其祖先的价值认同；推陈出新，是后代子孙推动其民族进步的根本保证。

我们的祖先，不仅创造了惊叹世界的建筑历史文化，而且领衔着世界的华夏文明。今天，我们只有在祖先留下的记事本上，去想象他们勤劳智慧留下的印痕，只有文明的后代，才会有文明的传承，造就和培育文明的后代子孙，保我祖先尚存的历史文明。

2015 年 10 月 22 日记于塞维利亚

佛罗伦萨窥见文艺复兴

位于意大利中部的佛罗伦萨城市，原为意大利统一后的临时首都，至今依然蕴含着尊享奢华的贵族气质。作为欧洲文艺复兴运动的发祥地，传承着举世无双的艺术精华。

百花圣母大教堂，宏伟端庄，优雅高贵；85 米高的钟楼，挺拔霸气，蔚为壮丽；大教堂、洗礼堂和钟楼外墙面装饰成粉红、果绿、奶白色相间搭配的大理石面层，在秋阳的照耀下，美轮美奂，熠熠生辉，夸张地体现了天主教佛罗伦萨总教堂的庄重和威严。

古老的维琪奥王官，作为市政厅公务办公大楼，担负召集民众集会和起火、洪水、敌人来袭的警示职能。其建筑形态，预示着百姓对政府的期盼、依赖和批评。

维琪奥王官大楼左侧，安放着但丁诗人的雕像，我情不自禁地在楼前雕像侧留影。

西尼奥列广场，犹如雕塑艺术品的展览中心，男性石雕的浑厚雄健，女性石雕的妩柔含情，栩栩如生、淋漓尽致地展示出了古代艺术家们的智慧与匠心。

今次匆匆一览，叹服。

史料记载，佛罗伦萨是欧洲文艺复兴运动的发祥地，毋庸质疑。

2016 年 11 月 2 日夜于意大利卡萨玛吉奥雷小镇

比萨斜塔撞击世人思维的苍穹

前日（1日），临近当地傍晚时分，我们团队一行到达了比萨城，当然是慕名专程前去一睹斜塔的模样。

厚重的拱门进去，一排自下向上，被打扮成乳白、淡红、紫红色外表的教堂式建筑，气质大方、美轮美奂，端庄典雅。这是比萨大教堂、洗礼堂和斜塔，整齐地排列着。

淡乳色的斜塔，站在离我们较远的地方趋身相迎，游客见到斜塔的身影，如相逢着久别的老友，愉悦而兴奋。

来访的人们团团簇簇，有的忙碌着选择最佳位置留影拍照，有的身体摆着多种姿势，远看像是练太极，近观像在运气用力把斜塔扶正。唉，这斜塔不知累了世上多少人。

公元1173年8月，意大利能工巧匠开始建造钟楼，许是地基土质方面的原因，1178年，塔身建至三层，就开始发生了倾斜，直到1372年完工，塔身的倾斜，一直在持续。

也许，人们不禁会问："斜塔在建设初期就开始发生倾斜，为什么不拆除重建？继续修建时，为什么塔身没有发生断裂？修建过程中，建造师是采取怎样的措施杜绝和防范施工安全隐患的？斜塔还能在世上存活多长时间……"

她留给世人的疑问，常人难以理喻。我也不知道，不会胡诌妄语敷衍您。

斜塔，自意大利人将其孕育以来，就开始挑战后人的想象空间，洞凿世人智慧的闸门。

后人，探索未知的世界奥秘，从来都没有疲惫。

向创造世界奇迹的古代先贤充满膜拜，向致力于推动人类社会科技发展、文明进步的现代精英致以崇敬。

2016 年 11 月 3 日下午于瑞士琉森小镇至法国斯特拉斯堡的巴士上

曼彻斯特见闻

别却伯明翰冷爽的早晨，几近正午，便与曼彻斯特相逢，当空是一片温暖的艳阳。

曼彻斯特作为英国第二繁华城市，世界上第一座工业化城市，当年，她把英国推向世界尊崇的地位，立下了汗马功劳，如此的功勋，也许不为大众所知悉。然而，提及坐落于该城的老特拉福德球场曼联主场，定会让广大足球爱好者们耳熟能详。

资料记载，两百多年前，在曼彻斯特诞生了世界上最早的近代棉纺织大工业，揭开了工业革命的序幕。由此，曼彻斯特随着棉纺织工业的出现，成了新一代世界大工业城市的先驱。

旅行车在曼市辖区街巷穿梭徜徉，饱览城市中的风景名胜，为诸如市政厅、教堂、公园、广场、球场等各类建筑恢宏的气势所折服，为其精湛的营造工艺而感慨，为其丰富的历史内涵所敬畏，映射的，是曼市发展历程的风霜雨雪和历史。

走近坐落在曼彻斯特中心偏南的曼彻斯特中国城，心里升起十分亲切的自豪和骄傲之情，外国众城中，有如这般的一厢中国城，是我们华夏儿女历代以来，用勤奋和智慧、辛劳与汗水，在全球各地艰苦打拼而取得骄人业绩的缩影，能在他乡遇见一斑，暗自喝彩。中国城外的空花铁艺围墙上，镶嵌着"四海一家，民族共和"，让我的思绪萦回。

设在曼彻斯特市中心的科学和工业博物馆,是一片陈旧高大的厂房,里面摆设展示的纺织机、蒸汽机、电子器械、火车、飞机等,琳琅满目,弥足珍贵。她记录了纺织、能源、通信、航空、交通等产业的百年沧桑兴衰,再现了英国恢宏的工业化发展进程,引来了世界各地游客纷至沓来。为城市旅游业的发展,增添了一道吸引游客的靓丽风景。

曼彻斯特曾经是工业革命的开路先锋,该科学和工业博物馆,将会产生引领世界其他各地模仿、跟风等做派的示范效应。

在井然有序的行程中,向利物浦行进。

伦敦时间 2017 年 5 月 10 日深夜

巴斯小镇

　　位于英格兰埃文郡东部的英国著名旅游小镇巴斯，具有两千多年的历史，是英国唯一列入世界文化遗产的城市。

　　巴斯小镇闻名世界，得益于她拥有精华的古老建筑群。

　　埃文河上普尔特尼桥下的弧形围堰外，设计三层拱形阶梯，河水漫过堰堤，在落差的阶梯上冲刷形成的浪花，既有高峡中瀑布般的磅礴美丽，又有海浪拍打沙滩后返回时的蔚然壮观，并将一河带着淡淡臭味的污水，变成了让游人赏心悦目的风景，留恋不舍。

　　巴斯市中心北部高地上的大型古建筑皇家新月楼，庄重典雅。弧形排列的乳白色圆柱支撑的建筑，宛如一弯初月，怀抱着斜坡上宽阔如太阳形状的绿草坪，恍若望见天狗吃月亮般的幻景，房屋与草坪完美融合，气势恢宏，高贵不凡，尽显皇家风范。纷至沓来的游客，在草坪上变换着各种姿势反复拍照，乐此不疲。

　　巴斯城中心的古罗马浴场，迷宫一样的建筑，更衣、休息、浴池等各种用途的房屋和进水、排水系统，建设得一应俱全，布置缜密。参观者为巴斯古人的智慧和工匠精神，惊叹不已。

　　世界著名文学家简·奥斯丁，实为巴斯城的过客，她仅在该市两次休假所住的房屋，至今仍得到完好地保存，以及她的遗物及有关私人物品，体现了巴斯人民对文化的向往崇拜，情操高雅。

尚有不胜枚举的学校、教堂、公用设施、园林景观、建筑饰品，虽经过历史的风霜，仍不逊高雅的风韵，楚楚动人。

放眼巴斯小镇美轮美奂古建筑，是其前人付出的辛劳、智慧和才华的结晶，保护和传承好祖先留下的遗产，是后人获得福祉的根本保证。

我们的祖先说过："前人栽树，为后人乘凉遮阴。"我们是祖先的后人，完整地保护先人灿烂的历史瑰宝，惠及自己，告慰先人；我们是后人的祖先，创造和发扬物质文明与精神文明，立功立言立得，是我辈义不容辞的责任。

2017 年 5 月 18 日深夜于英格兰格洛斯特

温莎城堡炫酷的奢华

位于伦敦泰晤士河南岸山丘上的温莎城堡,走过风霜千年的历史长河,见证着大不列颠民族的腥风血雨和昌盛繁荣。

君主统治者为了树信立威,一面驱使臣民用生命和鲜血向外戚攻城掠财,扩张疆域,全然据为己有,一面肆意搜刮占领地区的民脂民膏,大兴土木修筑富丽堂皇的家庭城堡,供其享乐;为了满足王室贵族逐渐膨胀的豪华生活,即使家国遭遇战火硝烟的困扰,人民饱受内忧外患的痛楚,持续扩建城堡的宫殿楼堂和极致装修,似乎从来没有消停过。

统治者的私欲无限膨胀,便独断专制,由专制而形成的封建君主制度,严重地阻碍了资本主义经济的发展,引发人们不满情绪强烈,英国资产阶级和新贵便被迫掀起革命风暴,以非暴力手段将之推翻,建立了君主立宪政治体制,把最高权力的合法性来源从国王转移到了议会民主的政治制度,有着积极的历史意义和深远代际的影响。

当时,因应权宜之计,为了与君主分权而将其王位继承纳入了法律制度。国王,作为一个宗教意义上的精神象征,王位的世袭继承沿用至今,英国政府不惜耗费国家财力,挥霍纳税人的钱财,供俸一个王室君主及其家族成员,向社会炫耀着如此奢靡的排场和极尽颓废的寄生生活,借此维护一个国家的面子和尊贵形象。

今天，昂然耸立的温莎城堡，宏伟壮观，气势恢宏，在太阳光的照射下，熠熠生辉。

2017 年 5 月 20 日

吴淞江口秋色浓

上海的秋，越过卓尔特立的大厦高楼，走过葱茏辽阔的长江三角洲冲积平原，在佘山下缓缓停歇。

回旋的温暖，伴着浅浅的江风，环绕在身上，醉心惬意，凉爽舒心。

吴淞江近海口，岸边乱石光溜嶙峋，引游人翻越栅栏，踩踏其上，拍照留影；江水明朗而平静，微风拂过，未见泛起浅波细纹。

江海临界处，一排排混凝土柱托起的水上建筑，是旅客往返陆海的集散中心。

轮船穿梭在海面上，如鹅群般悠悠滑翔，似乎在为远航铆足干劲，似乎在为靠岸等待前来迎接的亲人。

轮船划过的水浪，滚动着扑向岸边，撕咬青山脚下的岩石，留下钉眼、蜂窝般的印痕。

沿着江海岸边盎然信步，远眺山水风光，秀丽迷人，忘记了工作的劳累，神明气清。近观海映云天，水天澄净，腾空了思绪的烦琐，调适出愉悦恬静的好心情。

人在旅途，为了生命的质量，需要走走停停。时而背负沉甸甸的行囊，坚实地前行，去获得事业的成功；时而抛却零碎的辎重，稍事歇息，去抚触生活的质感。

挥手让时光浪漫，迈步将青春律动，努力把活力张扬，用情去染靓容颜，活出厚重而简约的人生。

2018 年 10 月 19 日夜于上海

华北四月的春

早上七点时分，高铁缓缓地推出北京西客站。逃离城市的喧嚣后，犹如脱缰的野马，在华北平原上飞速驰骋。

华北四月的春，还在土地里贮藏。

春草未曾发芽，大地一片蓬松，布满金丝一样的草茸；春树尚未萌动，枝丫僵硬着身躯，冷凝地在原野上群立；春雨还没临幸，河流不见行洪的痕迹，一如老树皲开的皮，焦蒿而干涸。

部分土地，被勤奋者耕耘过，好像在等待播种栽插的佳期。

只有春阳在催促，温婉地照耀；只有春风在推揉，抚摸树木慵懒地招摇；还有春天的气息也热情，礼让人们解开冬衣，穿得十分单薄地在候迎。

高速客车犹如一枚引线的缝衣针，车头拉着车厢，忽而在平地上飞跃，忽而入隧洞中穿行，把平地与山川串联起来，缝纫得格外紧密。由此，华北平原，仿若变成了丘陵地区。

乡村，安谧宁静。沿途中，山峦不语，树草无言，田野空旷，河水缓流。偶见小鸟低空翩飞，牛羊仰卧饴情。

我们的农民父老兄弟，似乎还在睡梦中享赐一枕不可名状的红利而欢欣。

城市，从容泰然。路过保定，晨曦悠悠；穿越定州，睡眼初睁。

　　接近石家庄，远见平地边上一团高楼耸立，近看陈旧的主体工程尚是裸露的胴体。是不是烂尾工程，不知道。反正，晴朗天气的上午九点钟，工地上未见人员上工，工程也没有穿上外衣，既无好奇者围观，也无好事者骚扰，孤怜地蜷缩在那里，不声不吭。

　　车达太原火车南站，比较热烈，热烈的是上车和下车旅客的繁忙，繁忙的场景，是人们常见的熟悉。

　　华北四月的风物，极似西南冬季般凋零。柔软的枯草败叶，遮盖大地，又像呵护孕育生命的温床。渐渐地，小草拔地重生，树枝动容含蕾，野籽情催萌蘖，万物在竭力复苏，挡不住的洪荒力量，自然会还这方沃壤，一片欣欣向荣。

　　我下车了，卷进匆匆的人流，成了太原的一名过客，等待搭乘下一班列车，继续我的归程。

2019 年 4 月 4 日上午于太原火车站

一群率真的牛

　　为了占据最佳位置观看百牛渡江，5月4日清晨7时左右，我们就来到了相如镇油房沟村嘉陵江岸距放牛点最近的观景台上等候。

　　铺满天边的鱼鳞云彩，伴着熹微的霞光，映照江中，湛蓝的水面宛如碎银般镶嵌。

　　四面被江水环绕的月亮岛上，覆盖着一袭油油的绿茵，极似一抹馨香的青蔓缠绵在玉盘。

　　微风，阵阵拂过身体，带来清新的气息，沁人肺腑，柔柔地吹向江岸，摇曳树木翩跹起舞，次第轻扬。

　　这一派好景致，引人瞩目，驱散了等待的烦躁和焦虑情绪。

　　上午八点三十分，放牛倌悄然打开了关牛的栅栏，一百余头水牛似醒非醒地睁开惺忪的睡眼，懒懒洋洋地步出围栏，向水岸线走去。

　　一头大水牛精神抖擞地走在前面，我身边突然传来一位大姐清脆的声音说："最前面的那头牛是当官的。"

　　我顿觉有趣，满脸笑容地问身旁的大姐，那牛是什么官。大姐冲口而出："班长。"

　　我定睛一看，那班长体骼壮硕，两角甲门宽广，面目英俊谦逊，不怒生威。但是，看不出它显摆任何官架子。班长步履稳健，气宇轩昂，一步一回头，时刻都在照应牛群，确实不同于凡牛，但无官味十足的范样。

　　班长率先下水，奋勇当先，头向岸上回望示意。其他牛十分听从使唤，在岸边踌躇片刻后，得到班长指令便突然来了精神，犹如饺子下锅一样，纷纷渐次有序地扑进江里。

　　待牛群全部入江后，班长举头环顾，确认队伍全部集结完毕，便带领大家向江中凫去。

　　一会儿，班长横着身子逆水而上，大姐说："它那姿势，为了减轻其他牛凫水的阻力。"

　　班长带头一边向前凫游，一边调头向牛群张望，大家挤挤挨挨，没有掉队者。班长关切下属的情景，十分感人。

　　当牛群游到江中心时，它们却停止前行而就地盘旋。我心生纳闷，这些低等动物也能像高等动物一样，喜欢作秀吗，谁教它们的呢？

　　我又问大姐，这群牛经过培训学习没。大姐说："应该没有，可能游累了，班长让它们歇息一会儿吧。"

　　少顷，班长带着牛群向太阳岛横渡。忽而如花样游泳，身姿曼妙；忽而击水进发，后牛推前牛；忽而若大雁翩飞，优雅前行。

　　当牛群列成一条龙抵近月亮岛岸边时，带头班长却旋风般地洄游到龙尾。牛群像一群鸭子翻田坎，顺次上岸，爬向岛上草地。

　　班长最后一个上岸，最后一个低头啃食地上的青草；班长没有第一个上岸而出风头耍弄权者威仪，没有将美食佳肴或岛上财宝窃入私囊；班长心里装着的，是整个牛群的冷暖温饱，渡过劫波安康。

　　整个渡江过程中，未见秘书文员在班长身边奴颜媚眼服务，没有勤务保卫在班长鞍前马后侍候。上岸后，班长和其他牛一起，融入其中，同休共戚。

　　这群牛没有受到其他动物充当老师予以调教或进行洗礼，才让它们始终保持着固有的率直、纯真与善良。

　　大姐充满嫉妒和羡慕地感慨："推举那领头牛做我们的班长该有多好啊！"

　　约莫六分钟时间的百牛渡江，给我带来了欢欣喜悦与深邃的启迪。

2019 年 5 月 7 日深夜

浸过漫漫岁月的七宝寺

7月4日，清晨的小雨，点点滴滴。

汇聚作家王方才、胡涛、陈冠先，向久负盛誉的七宝寺采风而去。车过雨水洗过的高速路面，吭哧声息；瞭望雨霏笼罩的沿途山野，苍翠可掬。

途中，手机显示诗词学会会长、书法家协会主席、七宝寺高级小学校友任静海先生的微信消息：七宝寺中学校长李矛、副校长苏学勇二位先生在高速公路出口候迎。令我浑身惶窘而又惬意。

三面被西溪河水缠绕的藏珠山，油油若黛；轻轻推开简陋、红漆剥落的铁栅门，七宝寺在绿树掩映的山丘之巅高高矗立。

沿着布满苔藓的石阶，谨慎稳步上行。山腰间，风蚀残烛的七宝寺山门映入眼帘，刻录着她历史经年的古老而悠远。

再拾级至山顶，前全国人大常委会副委员长彭冲题写的"四川省南充市七宝寺中学"的金色字体黑色牌匾高悬在七宝寺第一座房屋的壁檐。

举头望见屋梁上，墨笔书写的"大清光绪二十五年……"，疑似列位乡贤或何氏家族能人"复古重修张显功德……"等字样，清晰可辨。

入门穿行，古色古朴古典雅的白墙灰瓦木结构四合院建筑次第展开。

正屋礼堂墙上，挂、嵌着近现代文人雅士的留墨、刻勒艺术，有的，记载着历史的沧桑过往，有的颇具附庸风雅的羞涩别扭之感然。侧室，空空如也。还好，李矛、苏学勇二位先生做向导娓娓讲习，让我脑海浮生真相，了然于心。

穿过礼堂，倚山坳而筑的同质三层房屋群，肃静地立在那里。文昌楼、魁星楼、南湖书院，布置井然有序。其中，文昌楼第二层各屋的右侧门框上，分别写着"女生第一、二、三、四寝室"。所有房屋，都待岗闲着。

观览该寺，好像一股股铅墨书味、淡雅烛香与火药气息以及自然的纯净芬芳，相互交织，扑面而来。

相传，七宝寺发端于 1500 年间，为僧人诵经祈福、供奉神灵之庙宇。史料记载，1708 年以后，变为教书育人的处所。

二十世纪初，在那里教书的部分教师成了投身共产主义运动的地方先驱。1950 年后，历经数代人的努力，在七宝寺里举办的学校已经发展成了闻名遐迩的著名高中"七宝寺中学"。

旷远无考。二十世纪初期以来，在这里教育革命、读书成才者，灿若星辰。

七宝寺高级小学训育主任、中共南充地下党组织创始人苏俊，教师杜培星、罗天照、于江震、何瑶阶、何钢铁、何忠发，学生沈迪群、赵全英等为革命事业奉献了青春年华和宝贵生命。

张澜先生曾被委任为该校校长。

杰出校友任白戈、陈立泉、何春藩、刘成瑞、杜华领、张正树、胥德义、何志盛、何大清、支鉴、杜元耀、李天星、任秉惠、张运城、朱长富、何玉钊、李茂中、胥思林、何大清、张国林、任静海、赵天明、胥德中、任晓春、青礼东、胥培生、张东林、贾健、胥清富、周兴茂、朱青松、何承亨、王茂涛、何凤朝、贾昭蕙、贾昭茂、欧树长……指不胜屈。他们分别在党政军、学校、科研、文化、企业以及其他社会各界各行岗位上，为社会发展、人类进步事业，奉献智慧和力量，闪耀着斑斓的光芒。

这里，人才辈出，想必与这方水土养育的人们，高度重视教育，勤耕苦读，有一定的关联。

饱经五百余年的风霜雨雪，七宝寺的身架，已经破旧萧条。当地政府于二十世纪九十年代末期，在七宝寺附近新建了学校，将寺庙里的学生陆续搬离，该寺庙由此于 2016 年完全退出了使用功能。

近年来，该区相关部门因应人民的意愿，拟组织人力、物力、财力对七宝寺进行修缮，不时传来袅袅佳音。

无论是否情怀使然，修葺寺庙皆望以文明、文化指引为最高境界和要义，严厉拒绝野蛮、粗暴的大拆大建行为，切实保护好藏珠山的自然本真，恢复西溪河的原来流经，保障寺庙建筑物的现状风貌。

为先人智慧和辛勤留下真实印痕，为自我行为和修养存放孝心，为游客和后人观赏学习提供回溯情景。

2019 年 7 月 5 日中午

黄土高原

银白色的天空，万里无垠。

太阳的光芒，把汗水从身上的毛孔里逼出，湿透的衬衣，涔涔黏糊让体肤冷噤。

7月14日上午11点30分，乘坐北上的列车，越过茂盛葱茏的田园村庄，穿行挤挤挨挨的连绵隧洞，到达西安换乘巴士，再向延安驰行。

列车所历，丘陵如黛的婉约，山野欲掬的苍翠，撩拨得心旷神怡。巴士掠过黄土上黄绿相间的坡坎沟壑、无际绿原的浅浅褶皱，让摇曳在公路上的观者神清气爽。

旅车驶上高速，便进入了八百里秦川腹地、七十万平方公里黄土高原洼下爬坡上岭的起点。

经过咸阳市泾阳县永乐镇，瞥见高速公路侧边的一尊"中国原点"标志，赫然醒目，心生欢喜。

到铜川，隆起的黄土山梁，起伏跌宕，错落有致。经过世纪风霜雨雪的洗刷，似乎一块块地被吞噬，一碛碛地被切割，留下凹陷深深的地坑。垮塌土方处，渺无石岩之踪影，映入眼帘的是植被撕裂的伤口。柔软绵绵的沙丘似乎皆为细泥夯筑垒砌而成，其上的树木草丛，如若半秃头上的毛发，稀疏凋落。

那山、那沟壑，感觉随时都有崩裂塌陷且被雨水带走冲毁的可能。

车过董家河后,树草逐渐丰茂,犹如一袭绿油油的地毯,把黄土高原遮盖得严严实实。偶尔,可见小河溪水闪着浪花,跳跃流动。极少地方,出现光溜不毛之斑块,那是显露在外的岩石。

植被绵延近百公里视力所及范围内的黄土下面,都应当蕴藏着类似的岩石。

岩石是山峦的骨骼,也许,有了坚硬岩石,河流山川才变得妩媚妖娆。

人与自然山水相异的,不仅身上要有坚硬的骨头,身体里还要蕴含刚强的骨气。这样,才能让自己的人生精彩,自我的人格完美。

洛川境内,较长一段高速公路,系在山梁上凿出一条深深的沟壑。旅车驰过,犹如在苍茫土地上掀开的新犁。

车在黄陵县的山顶蜿蜒驰骋。行进中,不知名处,俯瞰一江湛蓝的清水,横躺在绵延的山峦中逶迤,让我十分惊疑。这一汪澄澈,对"黄河尚有澄清日,岂可人无得运时"的含义注入了新的理解和诠释。

夜幕渐渐降临,视力不能看见被黑夜遮住的景物,身体便开始感觉疲惫,睡意催我在车上打起了盹。

安然地,在微风无雨无月的晚上,与延安十分亲密地接触。

2019 年 7 月 18 日清晨于延安

撒玛坝上看日出

观览过建水古城的朴实风貌和繁华街区的喧嚣声韵，徜徉过十七孔桥桥面上硬石板路而留下的铿锵足音，欣赏过泸江与塌冲河交汇处水天之间两个太阳争辉的金灿奇景。获得双眼的满足和身心的愉悦过后，巴士车于昨天下午 1:20，载着我们经过五个多小时的长距离跋涉，来到红河县天保镇歇息。

根据会务组的安排，今日早晨 6:00 准时乘车出发去撒玛坝观看日出。5:20，我从睡梦中自然醒来。

红河谷的气候，昼热夜凉。白天穿一件衬衣，尚显温暖有加，此刻添一件外套去迎接小镇黎明，身体却感受瑟缩冷噤。

6:20，车至停车场，须步行一段下行的路，才能到达观光点。人们打开手机照明功能，划开黑暗，摸索着接踵前行，争先恐后地抢占最佳位置，摆姿取景，等待日出。

观光台前，一棵小树阻挡着日出方向的视线，给了我在其后面靠近台边栏杆的机会。我举起相机试拍，由于该树枝丫上的叶子几乎全部脱落，反而给摄影成像带来别样的辅助效果。心悦之，笑容溢满脸颊。

四周，漆一般的墨黑，只有远处城市住宅群，释放着萤火虫般的微弱光亮，方知那边还有人家在梦中娴婉；山村，出奇的安静，静谧得能听见腕表秒针旋转发出的声响；天空，湛蓝的苍穹之下，高悬着大白菊花一样的星星，晶莹闪烁；带有残缺的明月，皎洁迷人。

6:40左右，对面山巅与天空相接处，露出了淡淡的暗红。夜，依然漆黑。有人细声自语，太阳即将出来了。人群稍有轻躁，瞬间过后，便恢复了安静。太阳，尚未睡醒。

6:50，暗红的朝云，变成紫红。夜，开始暗淡，能看见山沟里如若宫纱一样的薄雾，似隐似现地笼罩着田园村落，给这方土地增加了厚重元素和神秘色彩。太阳，没有升起。

7:00，紫红的云彩，渐渐粉红，黎明开始到来。天上群星隐没，只有月亮独自芬芳，太阳，还没出现。

7:10，粉红的彩云，变得绯红，村庄，已经明亮。沟底至山坡上的层层梯田，盛满血色，夹杂着天空蓝。太阳，依然淡定，不显身影。

时间的脚步，嘀嗒声声，恒定地放纵生命；天边的彩云，姿容妖娆，魔法般展示妩媚；观赏日出者，期盼迫切，把心放在等待中煎熬。

7:20，绯红的云霞，内里乌黑，守望者们以为那是一堵厚厚的云墙，阻挡今天的太阳磅礴而出的路径。

许多朋友口中言说放弃观看日出，但都不愿意离开。希望的念想，仍然藏在心里。

踌躇不决之间，太阳爬上山顶，开始放射出夺目的光芒，顿时，人们沸腾了，一边欣喜地嚷着，一边按动快门，记下了日出的瞬间和太阳的倩影。

红河谷今日的太阳，自7:37初露真容，继而冉冉升起。她施予尘世间的温暖光芒，平等而公正。

选择居住在向阳的地方，天天看日出，低眉恋家乡。辟一间书房把灵魂安放，夜里望星月，怀远、思眷读文章。

2019年11月18日深夜

旅途相遇奢华的雪

　　10日清晨，选择乘坐动车、转换高铁出行，意在亲近大地，领略冬季不同区域的自然景色。

　　薄雾朦胧，草木枯黄，常青树苍翠欲滴，落叶灌乔生长其间。启程后瞟见的这段铁路沿线风貌，乃川东北丘陵地带，在冬季略显老气沉稳的特质。

　　火车在秦岭南麓脚下出川入陕，概览汉江上游群山巍峨，深谷黛黑如也。连绵隧道犹如钓鱼线上的浮漂，桥隧将其串联，列车轻松穿过层峦沟壑。

　　在其中一隧道口，瞥见阔别二十余年没有相逢的白雪蒙罩山巅，心里不由自主地泛起阵阵惊喜。由于时值正午，还没有来得及表达情意，便被习惯性的午睡拽进梦里。

　　觉醒时刻，放眼窗外，漫山遍野白雪皑皑，一望无垠。笑问同车旅客，得知动车已在晋中盆地上飞速驰骋。

　　掠视眼帘的雪原景致，仿佛铺开绵长宽宏的画卷，在明净邈渺的宣纸上留下淡雅高洁的笔墨痕影。

　　树木僵硬地站立雪野，如水库岸边浸淫深秋的芦苇，瑟缩蜷曲；地里蔬菜被雪埋藏，露出叶柄屈头躬腰，似乎生命将要窒息；乡村民房被雪压着，唯恐梁断瓦塌，激起心旌战栗；农家院内车辆深陷雪泥，若小船安静地在港湾停泊。

山顶披雪，极像成熟人士的头上花发，一丝丝溅起银光闪烁，一缕缕映衬容颜稳重，富含阳刚气质与雄浑魅力。

积雪漫过土坎，翻过田埂，铺满纵横的沟壑，淹没乡村小道与城镇公路，填平逶迤的溪涧。平畴空旷，宛如棉田里花蕾绽放。天地融为一体，难分界线边际。猜测这方父老乡亲，将会宅在家里，温热炕床，蛰伏数日。

雪海之中偶现一个个浅黄色窟窿，那是晋中盆地既有的池塘堰湖，雪落沉底，其水面冷凝镶嵌铜镜般冰层。

曾到过江河湖海放舟船，却没见雪域千里尽奢华。屏息凝视的眼睛逐渐疲劳，托举相机的双手麻木酸痛，全神贯注的身心，似乎宜安静地歇息。我开始懒懒的侧头望着蒙太奇般移动的雪野画面，两颊盛开十分满足的笑靥。

动车抵达太原南站，无数条铁轨全被积雪覆盖，我将在该站下车去换乘高铁。

步出车门，不见风吹，然而冷气却如刀割脸庞，穿透肌肤。寒冷直逼身体，顿觉身上没穿衣服般钻心刺骨，特别是双腿，如同冰雪风霜包裹其外，不由自主地持续哆嗦寒战，神经中枢失去控制能力，大脑不听使唤。而后飞奔向车站候车室，寻求温存空间。

原来，动车车厢内，22℃恒温如春暖。查询天气资料得知，太原室外温度 -9℃，车厢和室外两个空间，温差约莫30℃，感觉误入冰火两重天的境地。还好，近三分钟时间的空间转换，犹似体验生活，带来玩味无穷的愉悦。

此情此景，忆起缺衣少食的小时候，几乎每年都下了小雪，冷得一家老少蜗居在茅房破屋里瑟瑟发抖。父母常说瑞雪兆丰年，一是鼓舞我们战胜大自然凛冽气候的勇敢力量，二是给予我们来年不受饥饿的梦想希望。

高铁推出车站，窗外却一片漆黑，方知夜幕已经降临，便沉下心来整理此前在动车上隔窗拍摄的图片，回放观看雪景靓照，心里依然惬意快乐。

这雪，是天降凡尘亲近苍茫大地的使者，带着消除寄生万物躯体上的虫害、杀灭藏匿淤渣污垢里的细菌的使命，让人间处处冰清玉洁，风惠气正。

我多想，匍匐在茫茫雪域中，将我本来干净的身体缟皓，把剔透彻亮的心灵莹白。

2020 年 1 月 12 日夜于北京朝阳区一宾馆

清晨景致

凌晨四点半，昨晚预设的闹钟铃声，婉转悠扬，把我从酣睡中轻柔唤醒，漆黑紧紧地遮住明澈的双眼。

平时，无论炎夏，还是冷冬，除了极端天气，都很少使用空调驱热增暖，以此表达对大自然的尊重与敬畏。此刻，感觉卧榻弥漫的空气十分凛冽，赖床的想法便在脑海油然而生。

夫人醒来，利索地起身，准备做早餐。我受到感染，鲤鱼打挺般跃出温床，即刻洗漱整装，准备乘坐黎明时分的火车去省城参加文化工作座谈会议。

庭院里灯光柔和金黄，在薄雾中晕开清纯迷人的笑容；微风拂绿树，枝丫摇曳，于星月下释放沁肺入脾的芬芳；街面车辆，稀疏行驶，划破黑夜的幕帘呼啸地驰往。

车站似乎刚刚开始营业，服务与安保人员，皆初显一派神清气爽的精神面貌。旅客追赶时间的脚步，好像比白天和夜晚更加匆忙。部分乘客挥别送站的小车后便拔腿向车站入口奔跑，有的乘客把自助取购票机显示屏上的指示键迫切点击，取得车票的人们箭步如飞地涌向安检入口，在该处挤挤挨挨。如此仓促的表现，暴露了他们也与我一样，养成了晚睡晚起的习惯。

候车大厅，条凳的空座率小于百分之二十。大家全神贯注地使用手机，无暇顾及与新朋老友搭讪聊侃，因此，少有喧哗噪音。到站的火车上下完旅客后，在 7:11 重新启动。车内亮度，通明耀眼，盖过窗外微弱的曙光，看不见大地的影子，我放斜座椅靠背，瞬间便安然进入梦乡。

睁开惺忪的睡眼，已是早上八点，太阳露出粉红的笑容冉冉升腾。水中倒映的旭日，把朴实的山川染靓；低洼处嫩艳的乳色团雾，静静地在丘峦上悬浮；巅峰间烟涛伴微风曼妙缭绕，与团雾相融汇聚成海洋。

车厢内，暖意萦怀。乘客中，有的在酣睡，晨光温婉地轻吻甜甜的脸蛋；有的玩手机，忽而神情凝重严肃，忽而独自眉飞色舞，笑容满面；有的侧身眺览窗外，欣赏秀丽的山川美景，尽收眼底，怡然自得。

改变以往的作息时间，难得一次早起，见到清晨别样的景致，心旷神怡。革除既有的陈规陋习，放飞自我约束的身躯，容纳四面八方涌来的不同气息，虚怀若谷。

2020 年 1 月 18 日深夜

清泉邀您来落脚

2020 年 4 月 8 日，由四川省散文学会主办的"四川散文作家 2020 清泉春季采风笔会"活动，在成都市青白江区清泉镇五桂村拉开帷幕。

上午九点钟的旭日，将树影拉得纤细修长。此刻，汽车在清泉镇高速公路收费站下线后进入乡道，约莫 5 分钟时间，就到达了目的地。

省散文学会理事、五桂村党总支书记廖兴友先生和快乐村党支部书记庄福利女士，引领我们先后徜徉在上述两村赏景踏青，一路欢笑，一路愉悦。

两村位于成都东部兀自凸起的浅浅丘陵，境内的龙泉山脉上，两座最高山头，分别是海拔 599 米的雷打坟和 596 米高的中梁子。站在这两座山头，可以俯瞰川西平畴沃野与建筑壮观。黄泥紫砂土地呈块状自然错落，其上林木黛色茵茵，鲜艳可掬。

混凝土浇筑的村路，蜿蜒起伏，四通八达；整洁的楼房星罗棋布，虽稍逊于自然和谐匹配却不失稳重本分；质朴的乡民，热情大方，昭示其素质渐变向好。

微风吹拂山坳，树林翩跹摆弄，轻扬着嫩绿的叶片，释放出清新的气息，沁肺润脾。

村里樱桃熟了，在阳光照射下，如血欲滴，诱惑味觉，让人垂涎。信手在树上摘下绯红的果实，含在嘴里，甜蜜心间。

沟底繁茂的橙树，含苞待放，飘散馥郁的芬芳。

垄坎边李子花瓣刚刚凋谢，密密麻麻的幼果，缠缠绵绵地布满枝丫，留一树一树的青涩，撩人怀念过往的芳华。

半坡上石阶两侧的红豆树（据悉，五桂村或将更名为红豆村），在绿丛旁盎然娇媚，胭嫣夺目，楚楚含情，令人流连。

望向石阶上清风亭，依稀见到五桂村历史名人、清代处士李茂昭在亭边掩卷吟哦《红豆村春秋十二咏》"名花不合堕村庄，风韵谁收入锦囊，梅杏哦成燃烛短，药兰题罢引杯长"，引来翰林高辰与其并肩和诗"绿杨又向楼头见，红杏空传海内闻"的浪漫情景，令我顿时心萦羡慕历代隐士幽客逍遥不羁的自在生活。

还有一弯顺山而长的野树，相夹茸茸萋萋的杂草，希冀人们前去垦荒造地、打磨装扮。

廖兴友先生竭力推动的乡村文明和孝道文化建设，目前已在五桂村蔚然成风。

这山山水水，这一草一木，这田埂土坎，皆浸润着基层村（社区）工作者挥洒的热汗和镂沥的心血，魂系村民生存空间的扩容和生活质量的提升，牵绊乡村未来发展的方向和腾飞的高度。

当天，省政府参事室参事、省散文学会常务副会长、省县域经济学会企业家委员会理事长谢光大先生和著名作家、四川省散文学会副会长兼秘书长杨剑冰先生联袂向五桂村授予了"四川省散文学会林溪谷创作基地"牌匾，让浓浓的泥土味道濡染高贵的文学馨香，陡生阳春白雪般典雅。青白江区文联主席李领先生按捺不住内心的喜悦，激情地表示热烈祝贺和积极支持。

应邀出席和参加此次采风活动的谢光大先生、杨剑冰先生，《四川文学》杂志党支部书记牛放先生，四川省散文学会副会长孙冰文、曹树清、朗德辉、曼琳，省散文学会理事郭光泉、彭小平、马玉荣、向运江、余勋禾、余震（青白江区散文学会会长）、王大可和会员张宏文、夏绍珍、张亮、陈湘、卢海阳，青白江区作协主席李龙炳等人士，乐见上述乡村取得骄人的成绩，纷纷对两位书记和勤奋的村民们由衷地赞美；对乡村未来的发展前景和目标方向，倾情地奉献良策，并寄予沉甸甸的厚望。

集媒体人、企业家、作家于一身的郭光泉先生，提出建议在这里打造一个四川乃至全国散文作家的创作基地，引起了大家的共鸣。

高朋们真知灼见的妙论，惹我难抑浑身的兴奋。不顾忌自己陈腔滥调的建议或许会受到讥嘲的风险而大放厥词：中华民族，作为世界历史长河中，悠久的农耕文明大国，祖先们留下了瑰丽灿烂的文化遗产和博大精深的历史经验，为后人发展现代农业产业，打造乡村经济文化，独具坚强的后盾。

近郊乡镇农村，应宜利用得天独厚的条件，根据自身特点，挖掘潜力，讲好乡村故事，回避趋同行为，发挥特长优势，制定涵盖农业、工业、商业贸易、特色旅游、文化教育等领域，进行科学合理的规划设计乡村建设发展方案，找准支撑乡村持续发展的引擎。

作家拿起手中的笔，发掘地方风土人情，打造乡村地标。用文学塑造形象，用文化对外传播，用文明向前推演，聊以实现乡村的知名度和美誉度以及摄人魂魄的影响力。只有用文学塑造的角色形象，才能产生情感的共鸣、久远的传播和恒定的生命力量。

温煦的斜阳渐渐移影他乡，晚霞辉映村庄，呈现出一幅色彩斑斓的图片。我将把她小心翼翼地裱卷在无垠的脑际，展示在辽阔的心海。

樱桃红豆迷雅士，夕阳落照醉骚客。

此时在此景，多想融入勤劳智慧的五桂村与快乐村人民之中，共同笑对世界说："近前远方的朋友，请您带着美好的念想来落脚。"

2020 年 4 月 9 日深夜

芬芳五月乘动车

今日（5月13日）下午，阳光明媚。

候车大厅条椅上，吸附着形态各异的旅客，既不密集也不稀疏。

当墙上LED屏幕显示某次班列即将到站的时候，人们都蜂拥而至检票区域，挤挤挨挨地排队，人头攒动地前移。

我在网上订的1F号座位，上车后发现其周围空间非常地宽绰。还有一个类似座位，在斜对面靠窗处相向设置。这两个座位，共同占据几乎能够容纳两排共十个座位的面积。

举头望向前面，整个车厢的入座率估计达到了百分之九十。这座位，刚好保持了人与人之间恰当的距离。由此，自然而然地消除了稍存的忐忑与戒备心理。

不一会儿，忽闻斜对面座位上的红衣女士一脸惊奇地自语："这是残障人士区域。"

听罢，我看到座位的右侧壁上，挂着同样的标识，心里陡然掠过一丝不爽的阴霾。

以往，无数次乘坐火车出行与返乡，乘坐高铁南来北往，不仅从来都没有坐上这样的座位，竟然还不知有这类座位的存在。

转念一想，当前特殊时期，在本车没有残障乘客的情况下，如此座位，应当认为事遂心愿。稍微调整思维路径，心绪重又撩拨起出行的愉悦。

火车启动了，我习惯性举起相机，抢拍窗外的风景。于是凝神注目，专心地寻找摄物。

一座座青山层峦，一厢厢翠绿畦町，一弯弯纵横沟壑，一条条涧溪河流。应接不暇的景致，无不呈现出蓬勃盎然的热情生机与青春活力。那盈满空域的芬芳，貌似穿过车窗，直入我心，沁肺润脾。

吸引我的还有四百里铁路沿线，大部分田野种植的油菜已经收割。从被丢弃在地里的油菜梗、油菜壳和其他痕迹，可以想象出乡亲们收获油菜的方法：把篾席铺在土里，将成熟的油菜割下，放在篾席上揉搓抑或用连枷扑打，将油菜籽收回，油菜梗和壳进行诸如挖坑浸泡发酵、耕土浅埋地下等后期处理，作为肥料涵养土壤。

在绵延重峦叠嶂、出门不是爬坡便是下坎的丘陵地区，机械化作业难以实现耕作，运用这种人工办法，既节约了劳动成本，又将土地资源得到有效利用。

一层层梯田，有的已经栽上了稚嫩的秧苗，淡淡的绿意洋溢着清纯的气息；有的已经犁耙平整，如镜的水面皱起浅浅的波纹。一摞摞紫色斜土，已经除草翻犁，等待插播秋收的禾物。

漫山遍野，深情地书写和记录着勤劳朴实的农民朋友亲手描绘乡村田园的美丽画卷。

不知不觉间，火车已经到达目的地，谨向美好的河流山川暂作别。

2020 年 5 月 13 日深夜

华丽嬗变兰武村

——兰武村原第一书记杨涛扶贫散记

　　4月30日的黎明，晨曦透过薄如蝉翼的窗帘，温柔地抚触饱经沧桑的脸庞。鸟声穿越明净半掩的牖扇，清脆地在聪敏的耳畔萦怀。

　　醒来寝起，倚栏仰望天际，旭日冉冉升腾，和煦地辉映绚丽斑斓的朝霞。阳光晕开彩云，照耀原野青烟袅袅，洒向丘壑乳雾茫茫。

　　此前选择该日造访慕名已久的兰武村采风观光，相逢这等好天气，仿佛大自然顺应我的意愿而做出的特别安排。无尽的欢悦，陶然于心。

　　跨过钢筋混凝土筑就的兰武桥，汽车自兰武山脚向陡峭的盘山公路爬行，在半山腰间的悬崖边缘向右拐弯，进入一段舒缓的上坡道，行驶大约500米路程，到达逶迤绵延的兰武山顶部。满眼河山，旷阔幽深，绿郁葱茏，景致迷人。

　　兰武山海拔560米左右，高高矗立在两条河流之间，与黄渡镇所在地的平畴地带，高出约莫200米。鸟瞰左侧溪壑，一湾泛黄的流江河水环绕着美丽的田园村庄，似乎静流无澜。凝睇水中倒映蔚蓝天空及其洁白云朵，心旷神怡。俯视右边深沟，一泓清澈的思凤溪，在绿树间蜿蜒流淌。注目对面厚重青山苍翠繁茂的疏影，神情爽朗。

　　沿着600多米长的山梁公路，在三岔路口往右前行，从一湾层叠的梯田旁经过，来到一片视野开阔的地方。公路右边，斜土田畈中生长着成片的晚熟柑橘树群。树上橙花，芸香清新，蜜蜂在花蕊中采捋，蝴蝶于树丛间翻跹。从近前到目之所及的远方，油油的翠绿，恰似一幅绵延不绝、逐波卷浪般动感美丽的海景画卷。

镶嵌在橘林间错落自然的层层梯田，远远地看见乡亲们在辛勤耕耘劳作的身影，准备插秧播下秋天的希望。

田坎土埂边的树木和荒坡山地上的森林，皆保持原本天然长成的状貌，浓密的枝叶在习习的凉风中憨然地泛起灵动飘逸的涟漪。

村道左侧，星罗棋布的农家小院，依山而筑，古朴幽静，干净整洁。房前屋后，林木葱郁，果树如冠。部分农房呈现维修翻新过的痕迹，依然保持原来本真的传统模样和古典淡雅的容颜。

置身此景，蓦然产生不愿回返的留恋情眷。

然而，兰武村的过往，却历经了别样的风雨沧桑。

位于四川川东北地区的营山县黄渡镇兰武村，贫穷伴随着该村历代村民，从旷远到昨天。

行路难。出门不是爬坡便是下坎，村民出入村镇，依赖绵长的坡道步行与思凤溪水上小船乘渡。

水珍贵。该村地处偏远突兀地带，溪水在深深的沟底流走，无力将其引到山上。若遭遇天干久旱，粮食几乎颗粒无收，山村一片萎蔫与焦黄，人畜用水成了大问题。

农产品出村不易。没有通村公路，村民只能肩挑背扛将自己种养的家禽家畜和农副产品，像蜗牛一样搬运到街上售卖换取油盐酱醋，就这样苟且地生活，日复一日，月月年年。

村民的日子，过得着实紧巴拮据，悲怆凄凉。他们戏谑地称之为"烂无村"，辛苦度日盼脱贫。2014年该村终于被确定为省级建档立卡贫困村。

2015年7月，时任南充市委组织部党员教育中心副主任杨涛，听从组织安排，到兰武村任第一书记。由此，兰武村开启了谱写新时代的序章。从那以后，兰武村发生了历史性的华丽嬗变。

杨涛初到兰武村，不去村委会报到，而是独自一人乔装打扮，挨家逐户暗访调研，听取民声，了解民意，体察民情。

4社贫困户廖辉，不事农活，穷且酗酒无度，醉后常常闹事，有时还打骂自己的家人。慵懒，已经习以为然，无法改变。

8 社贫困户冉全，我行我素，固执己见，人贫却嘴硬，凡事皆较真，难以与他人和睦相处，成了村里人所共知的"刁民"。

刚正不阿的村监委会主任郭永福，看到村两委几近瘫痪，村书记大搞"一言堂"，郭有福敢说敢言，人称"郭大炮"。却遭受排挤而无能为力，班子一盘散沙，根本无法带领村民脱贫致富。

正读初中一年级的女孩王丽，她的哥哥长期患血友病，拖累得家庭生活十分贫寒。尔后，其母亲患上高血压，导致她全家经济犹如雪上加霜。根本无法专心学习，眼看王丽即将辍学，令人揪心。

当时，兰武村被确定为省级贫困村后，村民争相抢当贫困户。然而，能够被列为贫困户的，首先是村社少数干部家庭，其次是部分党员，再次是有一定社会关系的人家。这样，加剧了干群关系的紧张局面。

凡此种种，不胜枚举，尚未提及农家院落环境不堪入目的脏乱差等现象，就已经让人对改变其状况心灰意冷，望而生畏。

这个基层小社会，宛若浓缩整个社会问题的大观园。信手拈来一则打油诗，对兰武村的过去境况，可以窥斑见豹：靠天吃饭兰武村，山高路陡地不平。穷乡僻壤皇帝远，干群各自抱私心。婴儿出生娘外逃，男丁多半打光棍。破罐破摔无体统，人心涣散不思进。你穷我穷大家穷，干部争利民隐忍。

杨涛每到一户人家，便虚心请教、嘘寒问暖、坦诚交流，赢得了老百姓的信任，村民们把积郁在心中的幽怨和对政府的期盼，如若竹筒倒豆子一样向其倾诉。杨涛每走出一户人家，都心情凝重，双眉紧锁。

一个月左右时间，417 户村民，被一一走访完毕，杨涛的额头，平添了川字形皱纹。他把兰武村的山山水水和风土人情，已经装满在心间。

然而，面对这么复杂的干群关系，怎样来改变？针对这么贫穷的村社居民，怎样去脱贫？看到这么烂的摊子，怎样去收拾？村民渴望生活向好的基本需求，怎样才能实现？杨涛的内心，无法平静。

白日里酷暑炎热，没有挡住杨涛持续了解民情村况的脚步；黑夜中蚊蝇嗡鸣，无法干扰杨涛运筹治理村社方略的深沉思考。

在帮扶单位和上级组织的帮助下，他把"三下三上"精准识别贫困户作为走马上任的首要任务。他组建兰武村脱贫攻坚领导小组，将群众组织起来，重新评定贫困户，严格按照政策标准统一评定，一把尺子量到底，无论何人，概没例外。坚持公平公正，自然赢得民心。

杨涛带领驻村工作队抓党建，强班子，转作风，树新风。不分昼夜地和党员干部推心置腹，与黎民百姓促膝谈心。引领两委班子成员深刻反躬自省，洗心革面，明确岗位职责，健全组织制度，重塑干部形象。号召党员同志回顾入党目的，温习入党誓词，从我做起，找准自己的角色位置，以身作则，让村民确切感受到党员先锋模范作用的真实存在。召开院坝会议，加强干群村民之间的交流与沟通，推动村民相互信任、团结互助、和睦相处。举办农民夜校，传授实用科学技术，普及各类知识文化，提高农民种养殖水平能力和自身素质。

晓村情，知民愿，制定村域发展规划，交给村民表决，悉数赞同。杨涛经过深入调研，摸清了兰武村的自然条件和农民发展产业的喜好与意愿，谋划出农民增收致富、农业持续发展的总体方案和实施细则。

在传统种植柑橘的基础上，再将田边地角、撂荒土地加以利用，扩大规模，更换新型柑橘品种。不挖山填沟，因势利导，不招引外来业主，邀请果树专家、农技人员到现场指导讲习，充分调动本村人民的积极性，在自己的土地上劳动致富。保留优质田土栽种水稻小麦玉米红薯瓜果蔬菜，满足村民自给自足的生活需要。

一样的土地田亩，不一样的经营理念，成倍地增加经济效益。保持山水原状，不毁原生植被，朴实的自然景物，丰富了田园牧歌的内涵，增添了诗与远方的气质。

生长在田坎地埂、村道旁侧、陡峭坡垄等地方的各种乔木灌树、丛草森林，一律禁止采伐，且倍加保护。当初保住了青山逶迤，方有如今风卷腾浪、一望无际的大地苍翠和万物馥郁的迷人魅力。

村民危旧房屋，除 D 级危房拆除外，一概不允许整体拆除重建，而是邀请相关技术人员进行鉴定，并设计改造维修方案，在保证安全实用、经济美观的情况下，房主出力出钱自请技术工人，政府按照规定补助资金，合力进行危房改造。不仅节约了国家大量的财政支出，而且农民守住了尊严，政府给予了关爱，双方相得益彰。

不搞大拆大建，让兰武儿女传承了先辈勤俭持家、淳朴厚重的精神遗产和时代印痕，留住了源远根深的悠悠乡愁。

治理村落环境乱象，杨涛大力推出移风易俗，倡导村民按照"六顺六进"搞好环境治理，养成"五洗五讲"的良好个人卫生习惯，群众鼎力支持。

杨涛把贫困户的识别，基础设施建设和产业发展方案以及群众切身利益等事项，全部提交给村民代表和党员做决定。他采取以人为本的工作方法，得到了全村人民的高度信赖与积极支持。

树先进，立典型，抓思想，带后进。为了巩固既有成果，杨涛陆续开展了精神文明建设系列活动。评定五好家庭，树立勤劳致富能手，学科学用科学带头人，表彰孝心儿媳，重阳敬老，评选兰武好人等。他把人们的思想道德水准，引领到弘扬真善美、鄙弃假丑恶的高贵情操上来，村民倾情响应。

兰武村在第一书记杨涛的帮扶下，激发了全村群众自力更生的内在动力，改变了"等靠要"的思想。通过不懈努力，该村从曾经一贫如洗的"烂无村"，到2017年底顺利脱贫出列，全村村民人均纯收入达到6800元，彻底甩掉了贫困村这个帽子。现在的兰武村，住房安全美观，环境恬静幽雅，乡村公路通社，便民道路入户，饮水困难全部解决，灌溉系统覆盖所有土地，水电气网络通畅，电商平台具备。兰武村快速嬗变成村民过着丰衣足食，干群关系融洽和谐，人们素质普遍提高的文明新村。

时任村支部书记诚恳地接受杨涛的批评教育，痛改前非，后来成了杨涛实施脱贫攻坚战的好帮手。

贫困户廖辉戒掉了经常喝烂酒的恶习，变成勤劳致富的能手。

贫困户冉全脱贫后，感激涕零地表示，他致富了，要主动帮助后进一起过上富裕生活。

该村没有一个因贫困而辍学的孩子，所有因病住院的贫困户都享受了国家的扶贫政策。王丽曾经希望继续读书的梦想，在杨涛的帮助下，已经如愿以偿。

老党员黄仕全在"三下三上"精准识别贫困户工作中，以儿子出车祸为由申请当贫困户，因为不够条件未获通过，思想抛锚，时常在群众中发泄不满情绪，造成很大的负面影响。杨涛主动到黄仕全家，找他交心谈心，既严肃指出他存在的问题，又晓之以理，动之以情。黄仕全思想疙瘩解开后，在脱贫工作中积极带头发挥了党员的先锋模范作用，牵头成立兰武村"夕阳红文艺宣传队"，他利用农闲时间创作了许多"打油诗"宣讲党的扶贫政策，赞美兰武村的巨大变化，常常自编自导自演，受到了村民的热烈欢迎。

兰武村的巨变，人们兴许会纳闷，兰武干部群众为什么会在第一书记杨涛的带领下，主动地彻底地抛弃陈规陋习，由懒变勤，自觉提升素质，消除成见而友好和睦，拧成一股绳呢。

原来，兰武人说："杨书记所做的每一件事，完全为了百姓自己的利益。"

各级领导到兰武村检查脱贫攻坚工作时，听到村民们情不自禁、热泪盈眶地赞美和感激杨涛在扶贫工作中呕心沥血的动人故事后，给予了充分肯定。由此，人们方知杨涛披星戴月、废寝忘食地艰辛付出和力图改变兰武贫穷面貌的风雨历程，才被新闻媒体宣传报道。

南充市委组织部在杨涛探索的基础上，提炼出的第一书记"五带五强"工作方法，已在全市全省推广，其辛勤成果逐渐受益和影响更大范围的人们。

杨涛通过强班子带队伍而整顿的兰武村村支部，被四川省委省政府授予"先进基层党组织"称号。

杨涛牵头制定的产业发展规划，不践踏一草一木的要求，让兰武村获得了省级"生态宜居示范村"的殊荣。

兰武村因地制宜、因势利导的扶贫策略，留住了青山再造了金山，收获了民心，取得了可持续发展的经济效益和社会效应，现已成为省内外各地乡村学习的先进标杆。与此同时，该村因此被四川省委省政府评为"四川省实施乡村振兴战略工作示范村"。

2018 年 7 月，杨涛驻村已满三年，按组织安排进行轮换，他依依不舍地挥手告别了兰武村，告别了坚定支持他工作的黄渡镇王彰、陈方国等镇村领导和兰武村的众乡亲。

杨涛心中依然牵挂着兰武的山山水水和沟沟坎坎，情系兰武的男女老少与黎民百姓，魂绕改变兰武人民命运的经济产业。他时常邀请农业专家，继续关注兰武土地上那一抹青翠欲滴的鲜绿。

而今，杨涛的扶贫经验，像蒲公英的种子，随风从西南四川撒向东北吉林延边。为了能给更多的农村弱势群体带去幸福的生活，他把扶贫过程的痛苦与获得成功的欣愉，对外分享，推向爰远。

2020 年 8 月 10 日深夜

乡村十里美画卷

不是因为新旧年交替而对过往岁月的眷恋，昨夜（2020 年 12 月 31 日）如常，依然晚睡，就寝后则庚即在温柔梦乡里游弋徜徉。

今朝醒来，已是早晨九点。思绪沉浸在模糊的梦境中流连，行为支配着身体还想赖床。

突然想起此前约好今天去紫岩乡观音庙村拜访马正平教授，我便立刻起身给引荐人朱涛打电话。呼叫三次对方才予以接听，凭声音辨识，朱涛极似从酣眠中被惊扰。

妈妈昨天说她有点感冒，不与我们前去乡村游玩。刚才，我给妈妈讲，她的小恙，去年就应该好了，时隔一年之久，不会是装病吧。妈妈领会我说的去年就是昨天，笑得合不拢嘴，然后爽快地表态，那就去吧。

上午十点，驱车向目的地奔驰。

轻车出城入高速，穿过山川被削垭填坑、挖洞凿隧铺就的公路，越过河流飞架的桥梁。半小时左右，来到高速出口。

下却高速，驶上按照地势且串联民居而建的乡道，在沟壑中蜿蜒，在山梁上起伏。沿途丘陵，长相形态各异，令人倍感新奇。

岗岭坡坳的常绿树林，因冬天的风霜抹去了暖春的鲜嫩、炎夏的芳华、清秋的成熟，被严峻的寒酷冷凝得呆板僵直。落叶灌木，自然而然地在凛冽中萧索骚瑟。

垄亩梯田，谷穗在秋天被镰刀收割后遗弃的稻草，迎风卷浪，展示岁月磨砺出一片金黄。长在山地里的柑橘树，晚熟果实橙灿欲摘，轻轻摆动。

依岩傍坎的民居建筑，斜坡屋顶被同一颜色的青瓦覆盖，古朴典雅，彰显先人的智慧结晶和勤劳力量筑就的成果，在这方风水土地上，越过时代年轮的往复与历史的更迭，安静地传承保护与沉淀弘扬。

根据导航系统显示和沿途询问乡亲提示，我们相距马正平教授的故居将近时，便下车步行，目的是希望实地领略观光乡村自然景物。

空气澄明清新，泥土芬芳馥郁，树草馨香浓郁。混合的凉冷气息浸入肺腑，惬意至极。

半坡上一位老妪，一边向我们走近一边轻声问道："我眼力不好，你们是哪里来的贵客？"妈妈立即接上话茬，她俩互相嘘寒问暖，接着聊天。聊到了曾经的贫穷痛苦、农活琐事、家长里短，聊到了养儿育女、含饴弄孙。相同的年代出生，类似的成长经历，共同的语言让她俩的唠叨没有顾虑，如邻家老友般随心所欲，像闺蜜发小一样滔滔不绝。

依依惜别之时，两位老人互道保重身体，珍惜幸福生活，还相约下次再见。亲历此情此景，动人心弦。

马正平老师在邻乡办完事后回来了。齐项的花发，随着稳健款款的步履同频飘逸；酒糟红国字形脸蛋，堆满沧桑的笑容；壮硕的身躯，掩蔽在赤红的棉衣里，庄重典雅而又热烈沉稳。

与马老师相会后，他引领我们先在其村里观览。

李家河横亘沟底，深水微澜，水草在河边悠然荡漾；沿河两岸，层层梯田干涸，群禽互相嬉戏追逐；田埂上稀疏的柏树，苍劲挺拔，寒风中张扬硬朗气质；对面青山隐隐如黛，绿树葱葱，逶迤小路盘旋至山巅。

边走边谈，越谈越有较多文化交流的顺畅与见解的契合。马老师与我，也像妈妈与阿姨一样，霎时之间，成了心灵相通的志同道合者。

马正平教授的故居，坐落于前有朱雀后有靠山之山脚，蕴含于古旧与现代农村部落群房之间。其基础平面高出宽阔的公共院坝一米五左右，需攀登九级石阶，方能到达马老师私密的空间庭院。

门亭悬挂由著名书法家书写的"远亭山庄"牌匾，亭内端立一雕琢精美图案的照壁。绕过照壁，古典高贵、文化气息浓郁的马教授故居靓丽眼前。

庭院堂前，蜡梅绽放，暗晕芬芳，枫叶翩跹飞黄；廊后桂树绰约，风姿犹存，岩壁斑竹摇曳飒爽。

几年前，马教授从四川师范大学退休后，放下教鞭，远离尘世的喧嚣，扎根故里，与孤独对话，与寂寥恻隐。马教授将时间把控得松弛有度，聚精会神地深探科研之渊，心无旁骛地攻克学术之巅；挥毫运笔于雅室桌案，泼墨寄情于天地山水，浑身放纵于风光田园之间。偶尔称出二两闲暇，晴坐院落抚阳光，雨倚房门看檐水；还有夏夜月下静默听蝉声，还有冬日屋外凝神望烟岚。

好一派自由自在的生活，令我极度仰羡。

2021 年 1 月 1 日

或将悄然崛起的边远小镇

2月1日下午3点，驱车驶出熙攘拥挤的繁华果城，向嘉陵区西部行进。

一路上，悠然追逐状若玉盘的温婉斜阳，照彻心里暖和而澄明。途经赵子河水库左岸，尚未正式蓄水的库底，路埂土坎、树木百草、坑壑清水，一览无余地摄入脑海贮存，留待其蓄满升钟水库放入的灌溉用水后，作为永恒记忆萦回。驰越在新庙乡村社道路上，层叠错落的田野垄亩，黄草枯木，摄入眼帘，一幅西南冬季凄美本色的画卷，在蜿蜒的公路两旁任意铺展，夹杂着泥土的芬芳，赏心悦目，沁人肺腑。

约莫40分钟时光，愉快的身心尚处意犹未尽之际，倏忽间，便到达嘉陵区辖地边寨里坝镇。

该镇党委书记夏熙闻先生，带领我们参观场镇设施和风貌建筑，了解小镇新的规划蓝图和地理环境。

正坝老街，沿着山脚绵延而筑，大多数为二至三层砖混结构房屋。一楼红漆木门店面，楼上玻璃窗白墙住宅。察看其姿态与成色，貌似20世纪初叶以来陆续迁建、维修、改扩建的建筑物，既不古朴也不华丽，更无法归集于任何建筑风格与所属派系。中间道路宽度约莫5米，形如懒蛇般在两排建筑物之间逶迤。

目前，老街正在翻新改造之中。混凝土路基刚刚浇注完毕，此时尚在保养期间。

夏书记介绍，原来的机动车道将华丽转身为商旅步行街，道路面层即将铺贴彩色釉面防滑地砖，空中蛛网状强弱电线将移至地下预留管道内；临街房屋立面将清创除垢、修葺一新，门牌店招将焕发出厚重典雅的容颜。街上居民闻听此事，感激之情溢于言表。

料想在不远的时日，这里将会成为示范小城镇中最为隆盛的土特产品集散中心和餐饮娱乐、宜居休闲，吸引人气爆点或网红打卡圣地之一。

半山腰处，已于1998年退出教学功能的里坝小学老校区，正度风烛残年。校园步道、室外阶梯、体育操场等地方，青苔斑驳；花台、路边、坡坎等场所，菜草共生；倚山教学大楼与两侧教师公寓，状如耄耋老人，头童齿豁。然而，衰弱之中，依然透射出该校曾经的辉煌过往，并仍旧散发出醉人的书香气息。

站在校园中央，近观光秃乔木，冷凝枝丫映在苍穹，仿如纸上简笔示意图案或写实的素描；落叶紧贴地面，腐熟成肥泥，既增添根基的温度，也为苞蕾复苏绽放提供营养保障。远眺丘陵重峦，黛墨灌树，笼罩着灰蒙浅烟，幻现出仙境般气质，沿着山坡缓缓上升，概与天体无隙对接。

场镇以外，沟壑纵横，流水潺潺；层叠梯田，微风扬波；紫色泥土上长满菜蔬，油绿茵茵；农房青瓦灰墙，倚山坐落。

简洁朴素的乡村风貌，皆为这方勤劳智慧、实诚善良、世世代代的农民父老乡亲，尽心竭力地留下辛苦酸涩的痕迹。

顷刻之间，我的脑海突然闪现一个念头，里坝小学老校区，淡雅幽静且空气清新，站高望远而赏心悦目。假设植入文化元素，将环境加以治理，让绿化得以丰富，用建筑小品予以点缀，应是文人雅士争相寓居的一片理想乐土。或许，可以成为承载文学艺术家们远离尘间的浮华与城市的喧嚣，修身养性、读书洗心，抑或激发灵感而挥毫泼墨、提笔著文等随心所欲地张扬思绪翱翔天宇以及困顿疲乏时慵懒歇息，不可多得的眷恋归宿之处。

相距里坝镇政府一公里左右，坐落在国道318线旁侧，具有较高品质、拥有200多个床位规模的里坝镇养老院，即将竣工，不日将向社会开放，其为该镇发展文化康养事业，奠定了坚实的基础。

资料表述：里坝镇位于南充市嘉陵区西部，地处国道 318 线，与遂宁市蓬溪县交界，素有南充"西大门"之称。距嘉陵区政府 40 公里，距蓬溪县城 12 公里，辖区面积 20.76 平方千米，是嘉陵区典型的边远乡镇、发展中乡镇。

其实，里坝镇与蓬溪县新会镇，田土相连，山水相依，树木缠根。两个场镇，交通设施和建筑物等，完全融为一体。虽然行政行为，各自管辖一段，然而，两镇政府和人民，却长期和谐相处，文化交流与经贸往来，不分内外。

倘若南充市嘉陵区与遂宁市蓬溪县，相互缔结成为友好县级城市，以里坝镇和新会镇为基础，统筹两镇发展规划，根据各自优势与特点，因地制宜发展产业，力图避免趋同性与同质化产业过剩和无序发展；文化教育、医疗卫生、商业物流、农贸市场等公共设施，科学规划、合理布局，联合投资，无须各自为政而重复设置。若能这样，两镇势必将会发生飞越性变化，再也不会有人细说里坝镇的边远与偏僻。因为，此距嘉陵区政府虽远，但与蓬溪县城很近，近得俨然如蓬溪县城的郊区，还有两镇彼此竞争的压力与相互合作的动力而带来自身的繁荣。

夏熙闻书记伏在里坝镇控制性详细规划图上，一会儿手指轻点，一会儿皱眉沉思，其青春犹存且圆稳成熟的脸上洋溢着淡定与从容之灵气。似乎，治理该镇快速向好发展的办法与招数，已经了然于心。

曾经主政积善乡时，夏书记运用其果敢与智慧，无中生有地鼓捣出发展黄牛养殖，在较短时间内获得重大经济效益和社会效益。农户养牛，成了当地乡村振兴的支柱产业，为一方人民带去了创收致富的方向。夏熙闻创立的积善黄牛节，仿若农村庆祝古老的丰收节日一样，弘扬与传承。

由此，可以预见，如今，夏熙闻转岗到里坝镇后，这座典型的边远乡镇，定将在短期内悄然崛起。

2021 年 2 月 4 日深夜

古镇青居若荆虹

——走马观览抗蒙八柱之一青居城

3月6日午后的艳阳,柔和而温婉。她饱含金色的光芒照耀层峦叠翠的地面,惹人身心惬意盎然。

刚刚履新青居镇党委书记的许乐山,邀请熟悉当地人文地理、风土民情的郑弟光老师做导游,引领我来到嘉陵江畔青居山和烟山上,款步观风问俗,了悉乡土况味。

发端于秦岭北麓代王山脚下的嘉陵江,像一条巨蟒,自北向南在崇山峻岭的深谷中缓缓逶迤,于丘陵带坝的沟底里悠悠蜿蜒。慵懒洋洋地盘旋爬行至重庆朝天门后,静默凫游入长江,傲然奔腾向大海。

绵延1345公里长河嘉陵江流径,忽而左转右拐,忽而东突西进。有时如羊肠阡陌曲折,有时若优弧缠缚半岛,弯弯绕绕地向前流淌。

嘉陵江中游置身川东北重镇南充境内,婀娜多姿,瑰丽斑斓。其中,经过高坪区南端烟山脚下,一段周长约17.5公里的美丽圆圈,环萦359度回旋至青居山脚下,恰似牛肚之状,先人们将这片被江水环绕的土地命名为牛肚坝。该段江水被称为天下第一曲流,为世所罕见的地貌奇观,且乃护卫青居镇所辖边界的天然屏障。

站在青居山与烟山之垭口处的观景平台上,凭栏俯瞰牛肚坝右侧中部,一座钢筋混凝土大坝拦截流水,其上游形成弯月湖面,犹如一把厚重的巨型金钩,钓住锚固着安乐坝(现文峰镇联工村)这厢肥田沃土,其垄亩若黛，雾霭茫茫。

该座大坝，系 2005 年 5 月建成的总装机容量 13.6 万 KW，年发电量 102 亿 KWh 的华能青居水电站。分秒必争地为川东北儿女生活日益向好而辛勤付出。

转身跨过观景平台里侧靠山公路，迈上随山形铺就的石阶，登上青居山顶部。2008 年建成开园的南充嘉陵江曲流省级地质公园标志碑矗立峰巅，周边草木丛生，荆棘重围，层层叠叠地遮住视线无处投放。郑弟光老师将我们带入青居山顶瞭望台上，这里视野十分开阔。目光扫视牛肚坝左边上方，江水盈盈，波光潋滟，辉映着嘉陵江两岸的青居镇与渠水镇山川旖旎多姿，土地秀美迷人。

顺江而下，经过江水冲击成三角形绿岛，镶嵌在青居镇与河西镇两岸之间，宛若一颗璀璨的钻石，被人们称之为钻石坝。草长莺飞，细柳拂堤。蔬菜鲜嫩欲滴，作物青葱苍翠。这天然资源，为两岸人民持续幸福吉祥，提供了可靠保障。

青居山面朝钻石坝的半山腰上，曾经长年累月从貌似牛鼻孔里流出的一泓清泉，供附近居民生活饮用，俗称牛鼻井。后来，人们把其泉水炒作成神水，遂改名为灵泉。二十世纪六十年代末，因为修建青居水力发电站取走该山上石头，毁掉树木，抛弃泥土，减少了水分涵养，从而导致泉水逐渐干涸。如今，仅留下布满青苔的接水坑和狭窄的石板阶梯小道，让人们遗憾地叹息回望。

馥郁花香引蝶至，物华天宝召贤来。

嘉陵江水浸润的这方热土，除了丰饶美丽之外，还有状似牛肚贲门部位的烟山脚下的上码头与青居山脚下的下码头之间的江水落差悬殊，蕴藏着无尽的水能资源，吸引了众多智者欣然前往此地筹划开发利用。

1921 年，清朝四川唯一状元、资中籍人士骆成骧之子骆敬瞻，留洋回国，慕名青居水力资源的优越条件，专程来到南充，与本土贤达张澜先生等商榷建设水力发电站的方案。经过两年时间的筹备，1923 年，水电专家开始勘测设计，但因经验、技术不足，仅进行了试钻而搁浅。

1942 年 6 月，青居水力发电站工程项目被民国政府批准上马筹建，

1943 年 10 月 1 日举行了开工典礼。由于管理能力较弱，腐败盘剥太甚，官员上下争利，内外战争交困等原因，该项目被迫于 1949 年 10 月全面停工。历经六年的艰辛周折，该水电站仅仅留下了空空如也的毛坯隧洞。

1964 年初，南充地区行政公署成立了青居水力发电站指挥部，继续进行该工程建设。1967 年 7 月，该电站全面竣工，此为嘉陵江上第一座、当时该地区全域内最大的水电站。

历代人士锲而不舍、执着顽强地建设水电站的精神，终究取得了成功。

曾几何时，青居水力发电站平均日发电量达到 70000KW·h。

2003 年 12 月 20 日，该水力发电站因为多种原因而全面停止发电，自此，彻底退出了发电功能。其完整的设备设施以及办公室、职工宿舍等，极像待字闺中的少女，期盼商贾人士投资打造运营，吸引文旅爱好者们前去观光游览。

青居山东侧尾峰旁，附着岩石修建的庙宇，便是唐开元八年（720）始建的慈云寺，宋淳祐十二年（1252）重建后为灵迹寺。其屋内石洞壁上存留残败佛像，微笑中隐含忧思，却不失高贵典雅气质，彰显着先人们精细的雕刻工艺和独具匠心。

灵迹寺旁侧，一条长约 500 米、平均高约 5 米的石砌堡坎，是南宋蜀地著名的抗蒙军事要地淳祐故城遗址。史料记载，此故城系抗蒙八柱之一，即与剑阁苦竹寨、苍溪大获城、金堂云顶城、通江得汉城、合川钓鱼城、蓬安运山城、奉节白帝城齐名，为抵御残害百姓的蒙军，发挥了重要作用。

灵迹寺和淳祐故城的成亡兴败，隐隐地记录着历史朝代的更迭交替和风雨岁月的沧桑苦旅。她随嘉陵江水浩浩汤汤地流向远方，她随中亚热带湿润季风气候的微风，轻轻飘飘地拂入恢恢的历史长河。

走过城墙遗址，重又回到两山垭口的观景平台。再向侧面的烟山之巅爬行。

关于烟山名称的由来，曾经耳闻过不同故事版本。郑弟光老师告诉我：从前，烟山树木高大茂密，人们从山脚爬上树后，直接踩在挤挤挨挨的枝丫上，可以攀行到达山顶；其树叶遮天蔽日，密不透风，居住在山里人家烧柴煮饭时的炊烟，一部分从树叶缝隙中透出，在山坡上萦绕，一部分从树叶下面窜绕到山顶冒出。由此，附着山体的整片林木，烟雾笼罩，然后袅袅升腾与天接。该山因此被称为烟山。

我宁可相信这情形是当年真实的存在，因为，故事里有如画的风景和浓浓的乡愁；因为，故事里有儿时的记忆元素和淡淡的诗与远方。如今，时过境迁。山，依然是那座山，却不知烟霭飘逸在何处，断了炊火山无烟。树，坡上仍有一片林，却渺无幻象中的那抹森绿，草木稀疏姿色暗。

郑弟光老师介绍，烟山也有一座寺庙，二十世纪六十年代被拆除，其材料运到异地修建了学校。与烟山相连的另一座山上，曾经尚有厩马棚、跑马坪、陈郭老（大学士）讲堂等，皆被二十世纪六十年代"破四旧、立四新"折腾得荡然无存。

低头沉思淳祐故城今古奇闻，一座价值无限、难得的集文商旅一体的绚丽瑰宝，淹没在近郊的荒原中，犹显落寞与苍凉，心中泛起阵阵无奈的怜惜与疼痛的怅然。

具有近800年历史的青居，沉淀了十分丰富的历史文化宝藏。保护、挖掘、传承、弘扬、建设和发展好这座历史文化小镇，是一方守土者义不容辞的责任。

许乐山书记谈及青居的未来，铿锵激昂，从容淡定，神采飞扬。

西斜的太阳，显露妩媚与娇羞，带着盈盈的笑靥，徐徐靠近大地，她将披上绚丽的彩霞，小歇烟山背面。

我挥手向青居作别，脑海萦绕郑弟光老师讲述的栩栩故事，穿越历史的时空，心情舒坦。耳畔回荡许乐山掷地若钟的声音，遥想一座古朴典雅、独特魅力的著名故城，或将完整保留岁月镌刻的深邃印痕遗迹，淳厚无华地展现在世人面前。

2021年3月8日深夜

思有所悟

传承好品质

　　当我的生命之树历经至二十余载的时候，同时代的人们有的正谈情说爱，有的已成家立业，有的得到了一份很好的工作，他们都悠然地生活着，优越地享受着工作给生活带来的美好和快乐，而我却在衣不蔽体、食不果腹的痛苦的日子里煎熬着。

　　凭借着学习到的建筑施工专业技术理论知识的资本，怀抱着能够在城市的一隅苟且偷生的梦想，我在茫茫的人海中，千百度地寻找知遇的恩人，终于找到了能够跻身在城市的建筑工地上，从事建筑施工、工程质量安全监督、工程预算与内业、工程测量、建筑设计等建筑工程建设所涵盖的全部技术工作。

　　机遇垂青给我的每一样事务，每一份工作，我都倍加珍惜，都尽心竭力、精益求精地、全身心地投入，都踏踏实实地、细致入微地、想方设法地把她做好，把所学的和继续学习到的知识在工作中发挥到极致。从来没有计较任何得失，从来没有想到争名取利，而最计较的则是希望拥有一个平台，怎样把知识掌握得更多，把技术炼就得更精，把所做的事情做得更好。还有就是怎样想法去减轻父母的沉重负荷，用自身难保的工资薪酬，把四个弟弟妹妹抚育成才，培养得更好，父母为我们五个兄妹付出得太多了。那时，当父亲每月送来米面粮油接济我的生活，更确切地表述是拯救我的生命的时候，我就会情不自禁地转身，潸然泪下，而每当得到老板、建设单位、建设主管部门和工程监督代表们的赞许以及同事们对我的勤奋和能力投以羡慕抑或嫉妒的目光时，我又在阴暗潮湿的工棚里，感觉十分快乐，十分风光，十分惬意，并一直十分兴奋着——为了未来，为了理想。

后来，身无分文，只有精湛的技术和忠厚诚实的我，不小心承包到了建筑工程施工，从此，我便成了建筑工程施工承包商中的一员，我更是如履薄冰，更加兢兢业业。有了项目，有了队伍有了"枪"，责任和担待却接踵而至，继续不断地找项目、育队伍、获利润、再投入、求发展，围绕这条主线奔波着、忙碌着。那时，拜金主义，权力寻租现象正蓬勃兴起，而我始终坚持物以类聚、人以群分的理念，在浩瀚的知识海洋中，取其一瓢，滋润自己的头脑，用高贵的品格和智慧与具有高贵品格的人士交流与合作，下里巴人克服自卑勇于学唱阳春白雪，终于连续不断地获得了建筑工程项目施工承包权。

后来，我总结到，沙漠中必定有绿洲，尘世中绝对有净土。当时，我能够连续获得建筑工程承包施工，是我非常庆幸选准了进入社会的切入点，凡支持我事业的几乎全为情操高尚、修养有素的高贵人士，我时常把他们当作一部部好书，拜读后，既陶冶了情操，又能与高尚的人士交上朋友，这也是我生命之中最大的收获。因此我常怀感恩之心，敬畏我相遇和相知遇的人。

再后来，投资成立了公司。多年的经历和感受，我认为：企业的核心是对员工的高度尊重，我又以物以类聚、人以群分的观念，精心选择了德才兼备，能与我们风雨同舟、患难与共的仁人志士共同创业，制定了全体员工都认同的企业经营宗旨、价值观念和道德行为准则。

企业成立之初，我们确立了企业的核心价值观，那就是：像给自己建造住房那样营造好商品房屋。建立的"敬畏法律、尊重市场、务实创新、共铸伟业"的企业文化，为全体员工所认同，而且已把诚信务实成为全体员工工作、生活等的一切行为习惯，并已植入到所有员工的肌肉意识中。

企业在追求完美、弘扬高贵的道德风尚的过程中，严格把握建筑产品质量观，严格地履行合同，恪守信誉，决不传播虚假广告，坚定地承担风险和责任。公司为所有管理层员工依法缴纳各类保险费用，从不拖欠员工和民工工资，从不拖欠任何工程材料款项。企业自成立以来，从无一例经济纠纷，无银行贷款，更无任何社会债务，无任何不良经营行为和任何不良记录，凡与我们打过交道的单位和个人，都表达出对我们由衷的尊敬和佩服。同时，企业的诚信务实也为社会贤达所赞誉——这也许是我们对社会责任的诠释和担待。

为了充分体现公司对员工的尊重和关爱，公司在创立之初，就成立了工会组织，让员工的合理诉求得到充分表达和解决，非合理诉求得到了充分的沟通，公司制定的福利待遇规定和法律赋予职工的权益和权利，得到了充分保障。多年来，公司工会的举措和组织职工参加的文化、体育、考察、学习等各种有益的活动，受到了市总工会组织和相关部门的推崇。现在，企业已成了员工们的依赖，员工也成了企业的依托。

2011年初，在中共顺庆区"两新"组织党委专门安排的党建辅导员的辅导和帮助下，企业成立了中共支部委员会，此举，让党员职工有了党务活动的组织场所，让具有入党意愿的员工有了便捷途径，也让全体员工的思想得到了统一，灵魂得到了安放。

由于全体员工对公司的企业文化和企业核心价值观的高度认同，大家群策群力、励精图治、厉行节约、奋发图强、管理科学、共克时艰。到现在，公司已积淀了企业可持续发展所必备的高素质人才和修养有素的团队精英，具有了较为丰富的企业生产资料等企业发展的基本要素。目前，公司的发展战略已由过去的稳健发展调整转到了稳健增速发展的快车道。

然而，公司坚持不负债经营，不向银行贷款，更不向社会任何筹融资金的发展思路，让企业发展与商界其他兄弟企业相比，较为缓慢，同时对社会的贡献与我们的理想抱负也相去甚远。

为了弥补上述之遗憾，公司将沉淀的部分富余资金成立了投资公司，只对外投资，从不向社会开展融资理财业务。旨在向微小企业、个体工商户和立志创业的有志人士投资，宗旨是为上述单位和个人达到从无到有，从小到大，以至走向成功、迈向辉煌的孵化器和助推剂。

亲爱的朋友们，我所做的这一点滴事情，根本就不足挂齿，若与大家相比，尤显万分羞涩。然而，假如你们能肯定我做好了这一点滴事情的话，我也会沾沾自喜，而且我还会高兴地告诉你们，我忠实地传承着中华民族的高贵品德，而这一点滴成绩的取得，应当取决于我那生我养我的正直不阿、气节高尚、勤劳善良、崇尚真善美、鄙弃假丑恶，宁肯饿死也绝不搞任何歪门邪道的农民父亲母亲给予我的遗传与教育，给我带来的与生俱来的良好素养；应当得益于我始终坚持我这下里巴人一定要与唱阳春白雪之士和弦的那份执着，从而给予了我成就自我的动力和基础，并吸附了更多的志同道合之士与我一起奋斗；应当归功于我这一路走来所有相遇的人们给予我的恩赐相惜和帮助关切，以及对我缺点的包容。

社会各界名流，朋友们，看到你们的人生如此成功，听到你们的业绩如此骄人，我表示由衷的仰慕与尊敬。同时，我也按捺不住心中的激动，迫不及待地想向你们学习，若能不吝指教，期待日后在你们的俱乐部里，新增我这卑微的一员。

最后，恭请一路一直支持我的各位领导和朋友，能更加释放支持我的力度，荆棘的路上，希望随时都可以看到你们平铲、支垫、扶助我的身影，我将心存永恒的感激。

2016 年 3 月 17 日

扶贫需扶志

　　贫穷，是人们在社会生活中，缺乏物质和财产的一种状态，是个人或家庭，因某种原因导致生活暂时陷入拮据困境的情形。

　　脱贫，非一朝一夕之功，作为一个需要长期建设维护的社会工程，是发挥自身能力，检测国家责任，拷问社会良心的天平。

　　厘清致贫原因，科学运用扶贫助困的可持续方法，建立全社会人民生活稳定向好的长效机制，是脱贫致富、不再返贫的根本保证。

一、脱贫勿需靠依赖，奋斗方能改变命运

　　身体健康、心智健全的贫困者，需要解决的重要问题不是物质上的施与，而是精神上的提振和道德上的构建。

　　自身基础条件较有优势的贫穷者，是尚待开凿的金矿。

　　社会给予其脱贫致富的思路提示、方法指引、人生规划和道德情怀教化，让他们逐步树立起人穷志不穷的尊卑意识、自强不息的奋斗精神。培养他们以慵懒等靠要为耻，以自我拯救、勤奋致富为荣的良好人格操守。

　　扶助先自助而人助之。关爱他们改变过去的依赖思想和惰性行为，主动承担自我脱贫的责任和义务，主动把有限的社会扶助资源让渡给那些更需要帮助的人群，誓做有志气、有爱心、有尊严的自食其力的社会公民。

思想上的救赎，远胜于物质上的资助。

二、救助需救助的人士，政府勇担责任

因治病医疗和子女读书学习等原因，而导致家庭贫困的脱贫，是国家义不容辞的责任。

政府制定、建立和完善国家救助贫困、脱贫兜底的制度机制，让确需外部援助才能脱贫的贫困人士，充分感受到国家的厚爱情怀、制度的柔情关爱和政府的人性担待。

低收入人群的医疗和教育义务，国家责无旁贷。

三、营造全民奉献爱心和互助互爱的良好风尚，唤醒人们内心的怜悯

逐渐远去的过去，城市权贵士绅，以乐善好施、仗义相助为荣耀，市民给予其高度的尊崇。乡绅贤长以踊跃修桥补路、扶贫助困、悯老恤幼、安贫乐道、息讼少争、维护邻里和睦为己任，乡亲赋予其极大的尊敬。

正在运行的现在，各行各业成功人士招摇纷呈，各门各路致富能手张扬涌现。然而，唤醒悲悯的情怀，需要个人对道义良知的自觉。奉献无疆的大爱，需要施予者渺无功利目的的真心自愿，营造良好的济贫扶弱氛围，需要全体国民的真情参与。

月有阴晴圆缺，人有旦夕祸福。在乡村，建立亲情连襟和近邻间的互助接力传递循环体系，切实增强脱贫致富、持续向好的内生动力。

以村为单位，引导家族宗亲和邻里乡亲，结成济穷扶弱互助会，接纳互助会成员和成功乡亲的钱财捐赠，资助族群近邻中需要帮助的贫困人士渡过难关，受助者脱贫致富后，把心怀感恩之情，转化为主动帮扶他人。互助会成员之间，技能相传、方法相帮、劳力相助、门路指引，守望相依。既可以增加族亲邻里关系和睦相处，又能达到互相帮助，共同致富的目的。

即将到来的未来，扶贫接力在爱心跑道上传递，产生恒久的引擎，保障脱贫向富的持续。互助循环在众力推动中往复，形成良性的合力，增强抱团抵抗贫穷侵袭的能力。

道德已经重建、文化业已复兴、精粹传承光大，人们已然恢复了人格完美、助困扶弱的记忆，形成了有福同享、有难同当的良好氛围。

政府已不再因为治理贫困，而浪费巨大的政治资源和财税资金，去做成效甚微的事情，一切服务都在规范有序、有条不紊、富有成效的程序中常态化进行。

商人已不再因为捐赠一点资财，便俗不可耐地满大街大呼小叫，媒体上肆意喧嚣，炫耀得让受赠者无地自容，不会抱持功利目的而予以施舍。一切行为都会在其发自内心深处的捐赠自愿和被社会尊重而触碰良心痛感驱使的帮扶自觉。

社会公民不再对贫困人士淡然冷漠，会受社会大爱的感召而积极参与，抑或解囊相助，抑或投知投智，抑或，教方法、提建议、传经验、送信息、普及科普教育、宣传法律知识、谈成功经历、讲励志故事……皆为扶贫济困不可或缺的宝贵财富。参与扶贫事业，量力而为，随心所愿，不在于参与者捐赠多少钱财，重在全民已经具备了怜弱悯贫的意识。

贫困者不会在脱贫后，忘却来时的路途，会怀感恩之心，传递关爱，帮助他人。

国家救助、个人自助、社会捐助、全民互助，让爱心在互助中传递，在传递中接力，在接力中往复，最后闭合成一个大爱圆环。

爱心循环，冷暖共享，凉热同担。

2016 年 7 月 10 日

角色的感想

角色，是一个人在社会生活中被赋予的身份以及该身份所发挥的功能与作用；人们在社会生活中，抑或扮演着一种角色，抑或兼容多种身份，无论角色身份多寡，不变的，是求得内心的安然与精神的祥和。

作为社会公民，力求做到恪守明礼诚信，勤俭自强的行为操守和道德规范，以此推动人类文明发展和社会良好进步；

作为企业经营管理者，坚定地用天理善良的心性去创造财富，用求全责备的要求去完善自我，用毕生精力的修为去捍卫良好的名誉和形象，用尊贵的生命去承担责任的秉性，从而获得人生的尊严；

作为市场经济研究的学者，用敏锐的触须去探究浩荡沉迭的世界潮流，把睿智的思维去研判政治经济的走向，将深邃的目光去洞察社会风云的变幻，从而达到悠然谋划事务的闲适，获得泰然布局事业的从容；

作为崇尚诗文写作的舞文弄墨者，把饱蘸浓墨的笔，伸向纷繁的社会和辽阔的天地，忠实地描绘生活的画卷，真实地记录人生的真谛，兼修高贵的灵魂和思想的境界；

作为社会团体成员的引领人，用热情和无私的奉献去感染可以感染的人，用大度和包容去凝聚可以凝聚的人，用爱憎分明的标准去放弃应该放弃的人；

作为人格纯真的记者，真切地发现客观的事实，忠实地记录真实的事情，不持偏见地传播翔实的事物，为社会时敝而疾书，为人类美好而放言；

    ——若集公民、企业家、经济研究者、文人骚客、社团组织牵头人、优良记者等身份角色为一体的社会人，切记做到：

        青山不墨千秋画，绿水无弦万古琴。

        慧者寡语不是愚，缄默未必是痴人。

2016 年 9 月 7 日深夜

纯净土壤生竹菊

业余喜欢舞文弄墨，许多朋友建议，将我随心写下的文字，编辑成书，并由自己写出创作的想法。

写什么呢?

我出生在偏远山区的农民家庭，从小经历的贫穷和饥饿，让我刻骨铭心。

父母更是忍饥挨饿、缺衣少被，顶着寒来暑往，艰辛地劳作来养家糊口，拯救我们的生命，送我们读书上学，培养我们成才。

在我懂事后的记忆里，父母勤俭节约，品格高尚，朴实善良，给我留下了深刻的烙印，以至贯穿于我人生的航程中，为我学习的榜样和楷模。

劳动——学习——劳动——学习，是我从幼儿到进入学校读书期间的生活节奏。

当我栖身在城市的一隅，找到一份工作时，我就发誓要与这座城市无间隙地融合。于是，我便在城市里辛勤牧放：练技术，强本领，饥渴般地学习涉猎各种知识文化，炼狱般地净化自己完美的人格，殚精竭虑地做好每一项工作。这一切，都是为了自己让社会接纳与吸收；这一切，都是为了做好自己，找到自己事业的归宿；这一切，都是为了解除压在父母身上的负荷。

当事业刚如"小荷才露尖尖角"时，便有一个想法，用文字把生活予以记录。于是，我便把生活经历，写成日记，以至于我在相当长时间内，保持着写日记的习惯。

企业在运行过程中，离不开法律的运用和遵守，用法律来保障自己的合法权益，用法律来约束自己不做任何违法行为，我便如饥似渴地恶补法律法规知识。后来，法律，成了我的护身符。

当社会赋予我一定的社会职务时，我便发现，做好企业必须与社会有机结合。我便开始研究经济，探究经济的发展趋势，于是，我便将我对社会经济发展的想法与感受，书写成文字。阅见者认为，有经济研究者的思想，有管理决策者的高度。

企业培养出了一批较为成熟的管理人员，再加上企业恪守"敬畏法律，尊重市场，稳健经营"的发展理念，让企业在经济的风浪中，犹显平稳。放手让团队人员独立做事，我在企业日常管理中，少操了许多心事，显得较为闲适。为了不至于由闲适转变为闲人，于是，我就想到了开启存封多年的梦想，那就是写作，像写日记那样记录事务的写作。于是，我便出走学习、观摩、考察、旅游，纸笔随身携带，把生活的历程和感悟真实地记录下来。

因为父母不愿离开山清水秀的故乡，我便常常回老家去看望父母，我把与父母在一起的情景描写出来，朋友们评论我是孝子，获得的鼓励，便是我持久恪尽孝心的不竭动力。

夜阑人静时，回忆老友，便以小文寄托相思，朋友们便点赞我重情厚义，获得的赞美，便是友情保鲜的能量源泉。

写乡情，寄乡思，朋友们说我恋旧情节浓烈，我便对生我养我的山村爱得更为深沉。

曾几何时，相当长时期内，拜金主义盛行，社会良知缺失，诚信道德沦丧，劣币严重影响着良币，我常撰文，抨击假丑恶，弘扬真善美，引示人们提升自身素质，提高人格修养，活出人生尊严。常引起许多朋友们的共鸣，让我看到了社会风气正在逐步向好的曙光和希望。

应邀参加经济论坛活动，偶尔被要求演说，侃谈的观点与他人不同，表达的语言貌似文绉绉的，人们定义我为儒商，迫使我须更加努力达到做一个儒商的模样。

有了广泛的爱好和兴趣，与社会有识之精英人士、各界贤达名流、挚友佳朋们心里的交往弥深，友们关注我已有经年，评说我浑身充满的从骨子里散发出来的，都是高大上的正能量，我惭愧得不敢懈怠，便努力修炼自己。

写什么呢？

前夜，从书房里找出旧日记本翻看，鼻子酸楚了几次，眼眶湿润了几次，眼泪掉下了几次，心情激动了几次。无法看下去了，便合上本子，去睡觉了。

昨晚，浏览了部分文稿，记录的时候，就是记录。咀嚼之时，认为值得回味。有的篇章的寓意，着实感动了自己，遣词用语，真实而干净。思虑之后，还是不写这些为好，免得未读我心路历程的人儿笑话我。

然而，到底写什么呢？我不知所措。

2016 年 9 月 11 日深夜于重庆

购物店的遐思

结交朋友，增长见闻，学习不同民族的文化精髓，观赏大自然的奇妙美景，游览贤人创造的名胜古迹，感受异国他乡的风土人情，体验五洲四海的人生况味。也许是对此次旅游的目的和意义的恰当注解。

逛街、购物。或许是旅游行程中不可或缺的组成部分。

旅行车载着我们来到了繁华的商业街区，朋友们便显示出雀跃般的兴奋。导游还没有介绍完相关事项，大家却像蜜蜂采花似的闪进了商店的橱窗、货架、柜台以及其他角落。

商店里的商品，琳琅满目：世界驰名的品牌，高端尊贵的品质，造型雍容的气势，匹配着高昂而又相对合理的价格，让人眼花缭乱。诱惑人们既舍不得花费，又愿意掏出银行卡，来一个隐忍痛点的优雅一刷，从而获得想要的高贵商品的酸涩快感。

冲动的激情过后是理性的审视。

购买吧，我相信谁都不愿在异国他乡背负着辎重去旅行：沉重的行囊影响着轻松愉快和惬意旅游的心情，试图会像做贼一样逃避安检而有损人格尊严，恐有崇洋媚外的疑虑而于心不得安分。

不买吧，尚未了解到自主品牌中有多少种类商品的性价比与此相似而可以替代。

理性地审视过后是百感交集。

扪心自问，我们的产品，刻意地注重包装，而忽略了产品本身的质量内涵；厚颜地虚假冒进宣传，而藐视了消费者的洞察能力；一味地相信营销策划的神话，而不着力创造出产品的艺术气质；指望制定昂贵价格期冀衬托产品的品牌驰名，而不掂量产品自身价值实际能值几文钱币。

拜金主义盛行，吞噬了许多投机者做人的基本道德底线，而不能用心修为养性。急功近利的短视效应，让不少投资人心浮气躁，不能静下心来，踏实做好一件实实在在的事情。

看来，民族品牌的培育与崛起之路，任重而道远。

2017 年 5 月 21 日夜

顺势而为之

今日的天气，惠风和煦。六月的蓉城，春意盎然。

七日上午，天府之国的部分企业精英才俊相聚成都，畅叙幽情，表达别怨。对社会经济发展，高论滔滔，直抒己见。

一、经济全球化，厘清世界形势，拉车把路看

国际形势风起云涌，波翻浪滚。近年来，经济全球化已成为企业公民的时髦标签，喧哗之声甚嚣尘上。

我们在计划走出去，面向全球发展时，应当悉心准备组建好忠诚精良的执业队伍，匹配道德情操高尚、诚恳实用的优秀人才，积聚雄厚的资金和技术资本做坚强后盾，思则有备，有备而无患；精准掌握世界商事规则和相关国家的法律法规，政策措施，风土人情，风俗习性。

知己知彼，审时度势，方能应运而生。

二、产业转型升级，弄明政策方向，风正方张帆

牢牢把握国家大政方针，根本原则，未来发展导向。切实分析区域经济的宏观规划和微观定位，着力研究地方特色产业发展潜力和近期远景市

场需求情形。

高度重视科技创新在产业结构调整转型、升级换代过程中可能给产品带来高附加值的作用。充分了解拟投资地区的政务环境和当地企业界人士的生存状态，知晓当地政府对外资企业与本土企业在待遇上的平等或差别。

在市场经济大潮中，找到适合自己得心应手的定海神针。

顺势而为，准备好了，再扬帆。

三、熬制一张膏药，认识陌生的自己，愉快过彼岸

假若自己只有沟通关系的能力，可以把企业做大。目前，在反腐风暴的高压态势下，政治秩序和社会风气有着根本好转。然而，在新旧规制转换的过程中，尚有制度的盲区和施行中的黑障，若沿袭既往政府出批文，银行出资金的模式，以唯关系就是生产力的想法去玩转项目，拖延企业寿命，依然还有一定的市场时间和空间。不过，做事不要再以此得势而炫耀张扬，静听风水声，见好就收为妙。

假如自己敢于冒风险去投资，具有赌博心理，而又勇于承担责任，可以把企业做强，因为赌场效果是：输则失败消亡，赢则胜利富强，冒险的结局，若不输乃是赢。

同理，如若自己具有虎狼般凶狠强悍的特性，有勇有谋，就把企业做大做强。

如果自己具有空灵的智慧，务实的风格，就让企业稳健发展。无论是结构转型，还是升级换代，一要耐得住寂寞，忍得住心性，认得清市场；二要做看得见，摸得着，驾驭得住的行业，方能游刃有余，便可持续向好发展。

膏药一张，全靠自己的熬炼。

虽然，部分企业家们在一段时间里，蛰伏迷茫，在彷徨、在观望。然而，今次的论坛上，有的谈笑风声，温文如棉，涤荡心灵的好经验若山涧溪水，汩汩而流。有的言行举止，奔腾豪迈，开阔视野的信息量如趵突泉

水，喷涌而出。

信心在修复，顺势而为之，激情之火许将重新点燃。

2017 年 6 月 18 日凌晨

曾经逐梦龙泉驿

今日早晨，我跟随吴主席、天祥主席去成都学习考察。上午十点时分，我在车上打盹而尚存惺忪的睡眼，见到龙泉驿的字样时，突然放亮清晰。

二十世纪八十年代中期的春季，父亲从当时的人民公社信用社曲折艰难地借得 500 元贷款，供我来到成都龙泉驿区山泉乡花果山上自费学习。

此时，心底里涌出太多的青春漂泊记忆，脑海中浮现着无尽的生命过程经历。在这里，留下了我人生刻骨铭心的辛酸与回望。

父亲，作为祖祖辈辈皆为农民的后代，睿智卓见而又老实憨厚、勤劳善良得让我难以用语言来予以形容，无私正派、刚直不阿得让人难以置信的男人，曾经集教书育人、从军卫国、投身基层政务于一身，最终仍以回归耕躬田地维持全家生存的农民，长时期过着一贫如洗、青黄不接的生活，却从未向悲戚多变的命运妥协低头，也未向恶劣的生存环境怨天尤人，更没有向强权恶势的来袭乞哀告怜。对外，一副铮铮铁骨，对内，一腔侠肠柔情。

我至今都不明白，过着如此苦难生活的父亲，是从哪里蹦出来的勇气和魄力，竟敢承受天文数字的债务之重，痛下如此巨大的赌注，供我远走他乡学习。

我顶着不亚于雷峰塔的万吨重力，懵懵懂懂、木讷若呆地开始踏上了求学的征程。

由此，我全神贯注地倾听老师讲课，没日没夜地看书学习。由此，我想方设法地精打细算，用最为寒碜地摄取寡淡简食维系递延苦贱的生命，以每月不超过 13 元的人民币摆渡支撑饥饿的生活。由此，不敢奢望花费五分钱的公交车费去欣赏都市的风光，卑微的自我不敢正眼望向青春盈韵欲滴的异性身体。

一位来自城里的女生对我说，过度地节约饮食，过多地喝白开水充饥不利于身体成长，我羞臊得满脸通红。一位男同学邀我周末外出玩耍，让我窘迫得无地自容。从那以后，我便刻意回避不与男女同学同时去食堂用餐；从那以后，每当周末，我便将寝室的门窗紧紧关闭。

到如今，我一直在算一笔账，我不知道父亲当初所下赌注的壮举，到底赚回来没有。如若父亲当年将投给我那 500 元的学费，投资去做生意，到现在何止赚取千万上亿的财富。

父亲对我的深情奉献，让我不知应如何去报答和感激。

2017 年 7 月 27 日深夜于成都

人生如歌　歌舞人生

今天上午，由市民营企业家协会会员、金箭驾驶学校校长蒲铁钢先生协助组织的"南充新未来演唱团庆祝教师节文艺汇演"，在这凉爽舒适、冷暖宜人的初秋，拉开了序幕。

有幸与果城精英歌友，相逢相识在感恩于为我们传授知识智慧、教育我们适应社会生存能力的教师们的教师节，别有一番兴奋涌上心头。

来自学校、机关、企事业单位以及其他社会各界走下工作岗位的歌舞文艺爱好者们，荟萃在一起，引吭高歌、翩跹载舞，全身心投入，气质非凡。

老师们的甜润歌声，再现当年挥执教鞭律动一批批幼稚和青春生命的心扉，为美好的人生未来而启蒙教唱，放歌炫舞；来自各机关团体企事业单位的歌友们，曾经用歌声把辛勤枯燥的工作焕化出惬意而美好的幸福时光。

上帝把能歌善舞的艺术特质赐给了他们，他们把这特质圆润运用，羡煞芸芸观众，惊慕跷脚望项的人们。

参加演出活动的人士中，还有坚守在教歌育人的岗位上的老师，为了祖国的花朵和下一代未来，激情飞扬；已经走下工作岗位的歌友，为了自己的生活更添精彩，为了与家人更好地陪伴，为了让社会更加和谐安宁，依然放声歌唱。

歌者，人生如歌，他们用铿锵柔美的歌唱人生曼妙的乐章；

舞者，歌舞人生，他们用昂扬的热情舞出丰富美好的人生；

借此机会，恭祝南充新未来演唱团至此启航。驶向幸福的远方！

2017 年 9 月 10 日

饥饿方知菜香（启示二则）

一、饥饿方知菜香

不知因何缘故，今日的晚餐，每一种菜品都特别地味香可口，绝非饭店厨师的手艺之做，由此感觉特别地惊诧和好奇。

宴毕后，仍在琢磨，仍不得其解。

刚才，朋友来电话约我明天中午一起共进午餐，我才记起，有序地把上午的各项事务办妥后，已时至正午，便乘车赶路。到达目的地时，时针又指向了下午的上班时间，为了不误办事，忘却了吃午饭。

启示：饥饿方知饭菜浓香，丢官才悔罔顾民怨。人，时常交换位置思考问题，将心比心处理问题，善良处事，惠及子孙。

二、有小人的存在，君子才会更加被尊崇

火车站候车室的座椅上，几乎坐满了旅客，站着等车的人也不计其数。

我在一排排的座椅中看到一个放着女士手提包的座位，便上前询问："请问这是哪位的手提包，可以让人坐吗？"

邻座一女士答："有人。"她忙于玩手机。

十分钟后，不见有人来坐，我再问，该女士还是答："有人。"她继续忙于玩手机。

二十分钟后，不见有人来坐，我又问，该女士仍答："有人。"她头也不抬地忙于玩手机。

我环顾四周，附近的旅客不时地将目光投向这位女士，大家的表情不言而喻。

半个多小时后，我卷进了排队检票的人流。回望那个放手提包的座位上，依然没有人去坐，我没能问，心里不爽。

火车上，看了这位女士的影像，心里恻隐的疼痛突然袭来。这样的她，哪能不孤单寂寞呢？虚构的"人"或许是她对自己最好的抚慰。

我发誓，从今往后，凡是遇到不遵守社会公德，不注重自身素质的人士，千万不要投以白眼鄙视与积郁怨愤，更不能引惹众人对其无言的蔑视和无语的谴责。因为，可恨之人必有可怜之处。

启迪：让渡素质低下的人一席空间，才能显现修为者的高尚。宽宥小人在社会中的存在，更能让君子被人们仰望和尊崇。

2017 年 9 月 25 日夜

最为欣慰迷梦醒

凉爽的午后，走在林荫道上，正逢一缕缕阳光从树叶的间隙中漏下来，洒在身上，如袈裟披肩，抛向路面，若满地碎银。

阳光的照射，突然感觉一丝暖流在体内骚动，一种久违的情愫在心海里油然而生。

才过几日之前，依然是同一个太阳，炙烤着同一方大地，火炉般地让人窒息。尔后，骤然齐袭的凉风冷雨，让闷热的天气被断崖式降温。人们在家洁身洗漱，调高了水温。户外出行，加厚了衣服，微风轻轻吹过，激起肢体不时地打起寒噤。

此时，突遇这温婉的阳光，顿觉有她陪伴的时刻，好生惬意温馨。

如此的感受，皆来自骤热与骤冷而骤然的切换。

人呀，就是这样，当处在炎热的夏季时，期待秋天早日来临，哪怕送来的是冬季的寒冰；当冬天的寒冷来袭时，鹄望春暖提前而至，即使盼来的是炎夏的酷暑。

有这样的心态，假若出现以下的情形，固然不难理解。

善良者嗟叹：救了落水狗，反被咬一口。那是你被哀号蒙住了眼睛，不认得那本来就是畜生。

仁爱者抱怨：农夫温热了冻僵的毒蛇，而被复苏的毒蛇咬死。那是农夫错施了怜悯之情，不了解毒蛇难改的本性。

慈悯者愤然：濒临绝境的企业主向你借钱时，跪地求情，还向天发誓，赌咒必还。然而，还钱时，不是推三推四，就是东躲西藏，更有甚者，你找他催债时，他还说你不近人情，背后逢人说你不是，抑或恶语中伤。那是你错动了恻隐之心，把禽兽当成了人。

古训曰："慈不掌兵，情不立事，义不理财，善不为官。"

训之在前，不无深刻道理，却未崇尊。

慈悲仁爱要有度。度，有她柔韧的内涵与刚性的外延，一旦认不清好坏就施以善良，犹如自酿了苦酒，便自个儿把其深啜浅饮。

仗义同情应有衡。衡，是丈量人性光辉与道德沦丧的标尺。如果辨不明真善美假丑恶，你就得去全盘接受见利忘义、恩将仇报、以怨报德带给你沉甸甸的忧烦。

由此，还要温馨提示慈善的人呀，凡做好事都不要过度，行善事也不宜过分。仁爱应当设道闸，慈悲也应有针对性。

古人云："为人且说三分话，不可全抛一片心。"犹如在耳。

望前路幽远漫长，务必把思维回旋，将眼睛擦亮。行走时，稳登这座山，再翻那道梁。

2018 年 9 月 11 日

假期闲暇由心愿

旧年的最后一天，放假了。

七天的闲暇，对于已经习惯于忙碌的人，既有奢侈的喜悦，又有无措地茫然。喜悦不必言述，怎样安顿这空闲的时间，尤显困惑。

当日中午，与母亲、兄弟姊妹妯娌以及孩子们相聚，兴高采烈。席上虽为家常小菜，推杯换盏的激情却十分昂扬和豪放。饮酒不仅至酣，而且沉醉。

未知何时被酒熏睡着了，醒来已是晚上九点。醒来后，一边看电视春晚——虽然像我的长相一样不太耐看，但还是忍着性子浏览；一边拙写文章，虽然文笔不比大咖精彩绝伦，但还是执拗坚持舞弄。也算打发了假期第一天的时光。

新岁初一，早上八点起床。按照习俗，早餐吃汤圆。上午十点左右，与妻儿到城市中心公园游逛。中午煮饺子，下午去城市西边爬山。假期第二天又这样愉悦地度过。

是夜，心里盘算着未来几天的消遣办法。

几天前，路过街边地摊书，顺便驻足选拣了一摞书带回家——近期确实没有抽出时间去书店购买书籍，敬请经营书店的朋友海涵。

前些时日，川籍作家廖宇靖、李继学、魏远林、柳恋春、邢海峰以及文学爱好者周龙强等文朋诗友先后把自著书籍相赠和读到喜爱的书籍相送予我,可以让我安顿一定的时间去飨享丰盛的精神大餐。

除此之外,偶尔与性情朋友欢聚,畅谈人生风月;浅酌一杯小酒,吐却心中怀想;抑或近山漫听鸟音,抑或向水俯瞰鱼游,不亦乐乎? 不仅乐乎,自以为将很充实。

如果上面的安排尚不够填满时间的充裕,可以再把自己即将出版的《你是我的刚刚好》《拾起一座城市的灵魂》等书稿予以审校。

总之,不让心灵因为片刻的无所事事而带来无聊和空茫。

还有一件事,不会忘记,那就是睡觉和午休。

寒假在家的儿子见我抱回这么多书,问我要干什么,我答非所问地说:"士不可以不弘毅,任重而道远。"

儿子先是揶揄窃笑,瞬间后的神情却收敛凝结。仿佛,他已经意识到我是说给他听的。人贵有较高悟性和自知之明。

人人都有各自的情趣和爱好,按照自己的心性而规划近前的现在和远方的未来,为践行自己设定的愿景放纵攀爬,生活将由此而常乐,人生会因此而丰润。

2019 年 2 月 6 日午后

大师远去魂长留

今日的阳光，灿烂而妩媚；此刻的空气，清爽又馨香。

上午，果城部分文人雅士、摄客骚人们汇聚在读文书店一阁，缅怀著名摄影艺术家、资深记者谢奇先生逝世三周年纪念活动，场景简雅，气氛哀默。

时光幽幽，人们已经沉淀了对谢老师离开人世后浓浓的悲伤与深刻的不舍。追忆大师生前对生活的严谨、职业的匠心、做事的认真、为人的实诚，给后人留下仰望的风范；回望谢老师对摄影艺术五十年如一日的执着追求，成就了他人生的辉煌。

谢老师的身后，已经成了我们这座城市的历史人物记忆，文化艺术大师的影印；他生命划过的痕迹，留下了璀璨的斑斓；温习他的摄影作品，清晰地看见了一个时期人们为了实现美好生活的追切追求与匆匆奔逐，风餐露宿；和历史事件的盲从欢呼与狂热迎合，同频共振；真实记录了大师生活时代的沧桑，社会进步的变迁。

谢老师与魏继新等这方土地滋养成长，跃进文学殿堂，登上艺术高峰而仙逝的文化艺术大家一样，成为人们灵魂深处的地标群雕之一，昂然挺立在那里。

一代大师走了之后，既留下了难以弥补的遗憾，也给我们这座文化底蕴深厚的城市摄影艺术带来了断代般的羸弱。

　　我们缅怀大师之际，应当思考如何改良和厚植文化艺术的土壤，去播撒、发掘、缔造、培育、包装、渲染、宣传新的一位位、一批批大师接踵而上，接过并擎起谢老师曾经举过的旗帜，传承他的衣钵，为我们的摄影艺术日臻完美，为新的时代，成像记录，传至后人。以资告慰谢奇老师在天国获得灵魂的安放。

2019 年 3 月 28 日中午于去蓉城动车上

特色是乡村无尽的魅力

两岸青山腾逶迤，浅谷沟中潺水流。

大自然最美的山水风景展现在僻乡五龙村，切实地眷顾着这方土地上的人们生活秉实，身体安康，心情舒畅。作家采风活动走进该村，阆中市作家协会主席袁勇主持采风活动，谨做如下建议，敬请朋友们指正：

一、完整地保护自然风貌和村庄特色，增加秀美乡村的迷人魅力

山水树木，如身体发肤。无论是建设新农村，还是打造特色小镇，抑或构建家庭农场，皆应在保护村落特色的基础上，创新发展。纯朴的自然姿色，独特的民俗风情，淡雅的小筑别院，才能给人们带来浓郁纯美、芬芳馥郁、沁心扑鼻的乡土气息，才能勾起赏光者对乡村万事万物的钟情热爱，才能让游人达到欲罢不能，流连忘返，走了还想再来的境界。

二、充分挖掘和整理乡村文化，注入乡村文明新元素

朴实无华、淳厚自然是乡村文化的本色；乡规民约的恢复、公序良俗的拾起、互信互助的唤醒，是村民和睦聚居的基础；知识的普及、文化的尊崇，是提高人们安居乐业的质量；人文故事风情的演绎、民俗文化歌舞

的兴起，是实现大众精神追求的向往。

我们在村庄房屋修葺和设施的完善，建筑小品和构筑物布局，宣传标语、文化墙报、文艺园地设计等方面，应当高度注重上述元素的嵌入，充分挖掘原乡文化，创造性地发挥现代文化。

严防城市建筑模式复制到农村，规避千村一面的诟病，着力留下古老乡村的山水原貌，记住田园诗情画意和远方。让古代自然风景与现代农业文明风韵有机结合，渐近性地发扬光大。

三、鼓励特色农业产业向纵深发展，谋求乡村经济可持续发展的引擎

一方水土养一方人。务必因地制宜发展传统产业，她是老祖宗留下的宝贵财富。创造性植入市场需求产品，以资增加农民收入。

有条件发展农业产业深加工，创造地方特色品牌，提升原始农业产品附加值。

合理规划商贾云集的商业、饮食业街巷和商品进出入贸易集散市场，以期满足各个阶层的观光游览人群的需求。

四、顺势发展乡村旅游文化，把控跟风式、无节制地打造乡村旅游的诟病

整理乡村俚语历史，搜集农耕文化遗产，集结小桥流水，民宅古韵，打造特色商品和旅游纪念品等，为旅游购物创造商业机会。着力研究解决五湖四海远道而来的游客看什么、吃什么、买什么、被什么吸引等需求难题。

五、加大对外宣传力度，扩大民宿村庄对外知晓和知名度

对外宣传的意义和目的，怎样宣传，如何操作，大家心照不宣，这里不做赘述。

六、作家采风活动，客观真实反映乡村变化，为人民立言

作家是用笔墨表达自己对时代发展的记录，反映社会进步的见证，既要颂扬乡村扶贫攻坚的成绩战果，又要客观反映这方净土的风土人情。为社会放歌，为时代发声，为人民代言。

2019 年 5 月 26 日中午

靓妆不遮风雨痕

今日下午，参加合唱演出，不仅被要求服装款式、色彩一致：黑色长裤、白色衬衣、紫红色领结，还需对面部进行涂脂抹粉加以修饰处理。

往常，在参加各种社会活动中，无论演讲发言，还是研讨交流，无论即兴发表见解，还是侃侃抒怀胸臆，除偶尔被提示着正装外，没有其他科律遵循。因此，轻松自如、欢心愉悦。

近午时分，开始上妆，先后共六道工序、经历了六位美女化妆师的匠心独运、艺术打磨。

粉底液、散粉定妆、眉笔、眼线笔、眼影膏、口红等彩妆系列产品和工具，化妆师们的手法，流畅而娴熟。

由于第一次化妆，因此，装扮刚结束，我便喜不自禁地恳请多位朋友运用不同的相机，在不同的背景场所帮忙拍照留念。

或许朋友们在为我拍摄时，相机的成像效果都变得欠佳的缘故吧，在我刻意表情灿烂的笑容上，显示的影像，恰与作家赵树理笔下描述的情景高度吻合，"驴粪蛋上铺了一层薄薄的白霜"。

我笑问一同观看演出活动的妈妈："化妆后，好看吗？"

妈妈喜笑颜开地说："我的儿子化不化妆都好看。"

这就是妈妈，她把身形矬陋、长相谦虚的我，总是看得十分完美。也许，我毕竟是她和爸爸煞费心血精心打造出的被她视为如意产品的因由吧。舐犊之情，为母与生俱有。

时间不为任何人停留。平时，眼角的皱纹似乎皱褶浅浅，总认为自己较为年轻，常常忘记了时间的流逝，忘却了年轮的往复，淡化了年龄的递增。今次，粉黛扑过，脸上坑洼更加清晰。胭脂抹过，面部沟壑尤显分明。施于白底朱赤的粉黛，却遮盖了一脸自然的红润。

那妆饰，不仅没有拂去岁月碾轧刻勒的印迹，也没有抚平光阴掠过留下的履痕。

深深的夜里，寐前思忖，别寄予外部的修复填充实质的缺陷，不希冀表面的装潢满足内里的虚幻。也许，先天不足后天补，或能缝合稍有不足的禀赋。

从今往后，寻着自己想要的方式去生活，遇见自己更加有趣的人生经年。

2019 年 9 月 26 日深夜

新年伊始话暖凉

新年第一天清晨的端口，从预留的窗帘缝隙中接入室内，让熹微的光芒，照进卧榻，诱使生物钟晕开慵懒者惺忪的睡眼，把昨梦与新岁切切交割。

无论你愿与不愿，昨日已成旧岁，只能留恋与回望。今朝乃是新年的开篇，庭院里尚未熄灭的灯盏，在朦胧中等待引燃石火点亮新的空天。

晨鸟在林间欢快鸣唱，似乎换却了旧羽张开了新翅，那声音清脆圆润，那气息确然渊雅，那吐露的芬芳直抵胸腔。

天边初现鱼肚白，继而辉映出浅淡的粉红，恰如我与朋友相遇时展示的那张灿烂笑脸。

百花园里，这厢浸透油墨黛绿的蔬菜，站在微露薄霜湛渍的寒凝中，冷傲群立，端庄从容。

街面上，轻车稀疏来往，幽幽淡淡，货车貌似放假歇息，未见踪影。公交车在繁忙大道中碌碌穿梭，玉立路旁列树，颔首挥枝表达敬意。

久违的太阳，悄悄化开云层，在烟雾缭绕的苍穹中羞涩行进，给大地洒下和煦之光。

近午时间，搭乘朋友的摩托车在小城街巷盎然驰越，清新的冷风劲吹身体发肤在双耳边嗖嗖呼啸，惬意的温暖驻满心房。

昨天和今天，除了气候与天象，一切都是本色：远处的青山，仍然沉稳地交会天际；近前的花草，照常于凛冽中绽放斑斓；亲爱的朋友，依旧在人海里不群卓尔；单纯的黎民，同样过着知足常乐的殷实生活。

昨年岁末与今年伊始，日历由 2019 年 12 月 31 日转换成为 2020 年 1 月 1 日，标志着一个年代圆满落幕，另一个年代开始启航。

翻开今天这具有浓郁时代气息的历程新页，手搭凉棚，眺望漫漫前路，始终会有风霜雨雪、冷暖凉热、明媚阳光交相做伴。坚持耕读传家、守真抱拙，走出人生的淡雅与从容。

2020 年 1 月 1 日

当年春节许新愿

中国传统节日，是华夏民族悠久历史文化中，官民同心同向的最大公约数，帝王百姓步调一致的最大同心圆。

先人在缔造每个节日的初衷，皆蕴藏王公贵族把天下子民意识界限归集一统在思想魔盒，将黎民百姓对美好生活的憧憬承载于虚无缥缈的期盼留恋。

在众多传统节日中，承先启后的年节让后人作为最为重要的节日予以高度尊崇，被演绎成美轮美奂的绚丽瑰宝，魂牵梦绕的心理依赖，并将她奉为传导孝悌忠信、弘扬家庭和睦的精神文明内核的良好平台。

无论太平盛世，还是凶年饥岁，年节，依然在历史长河中生生不息地延续。只是各个历史阶段，人民对年节寄予的希望，赋予的含义，留下的年味痕迹，不尽相同而已。

困难的年代里，小孩们却成天盼望两件事情，一是家里来客人和到亲戚家做客，这样就能够吃上饱饭和荤菜；二是春节早日到来，不仅能吃上饱饭荤菜，还能穿上新衣新鞋，戴上新帽。

年关将近，政府要给农民供应 3 ～ 4 两 / 人的腌制猪肉。每当父亲把肉提回家时，孩子们便蜂拥而上，争相嗅闻盐味浓烈的气息，蹦蹦跳跳、欣喜若狂；有的小孩把手放在猪肉上搓揉，沾上一点盐，然后悄悄将手放进嘴里吮吸，脸上流溢出美滋滋的愉悦表情。

　　长辈兄弟较多且相处和睦的大家庭，通常会吃转转饭。但是因为极度贫穷，相互请吃只在父母辈层面上轮转，晚辈少年沾不上边。

　　团年饭一般选择在大年前或年三十的中午，祖孙三辈等近亲嫡系亲属聚在一起，共享喜乐。桌席上，大家非常讲究礼仪礼节。

　　农村家族中，爷爷奶奶、外公外婆、叔公叔婆，父母叔姊孃姨，加上东道主的儿女们，一般都在二三十人。饭桌都是四方桌，聚餐时向左邻右舍相互借用。

　　主桌安放在堂屋最里边，安排座位时，爷辈和父辈按照年龄大小依次排列，从上座开始，由爷爷叔公外公入座，然后父辈按照伯仲叔季顺序分别列坐两边或者下边，围在家族长老面前；奶奶外婆叔婆姊孃坐在次桌，依然按照辈分年龄排位入席，后生晚辈坐的桌子安排在院坝里，仍然按年龄长幼有序类推。

　　亲人们全部入席后，开始用餐。

　　高度白酒斟在苎麻色土碗里，飘溢出燥辣而又醇香的味道，由爷爷或外公等长老开始，按照顺序分别呷一口酒后，顺次传递酒碗围着桌转。然后请长老先动筷子开始用餐。

　　老人告诫后人，夹菜时，要取用盘中距离自己最近这方的菜，不能拿自己用餐的筷子在菜盘里乱搅乱拌，更不能只顾自己挑肥拣瘦。

　　老人常说，从吃饭取菜的行为习惯，可以透视出一个人是否自私自利和人格优劣的品性德行。

　　团年饭结束后的下午，送走亲人。桌上摆上花生核桃，桌下放着火盆，父母领着孩子们围坐桌旁，先听爷爷奶奶传授家训，然后大家一起拉家常。

　　乡下人虽然生活不易，却把教育后人孝顺父母、顺从兄长放在首位，作为仁的根本来尊崇和传承。一旦出现对父母不恭不敬、时常顶撞兄长的后生，不仅遭受大家鄙视没有家教，更恐将会被外人视为整个家族既无修养更没有教养，从而成为招致社会嘲笑的把柄让家族蒙受耻辱。

　　因此，穷乡僻壤出生的人，同样具有知书达理、善解人意、豁达大度、胸襟开阔、崇尚真善美、摒弃假丑恶的修为操守。

　　"孝悌也者，其为仁之本欤？"

那时候，生产队里，几乎每位婆姨媳嫂和成年姑娘，都会做一手针线活。每当过年的时候，乡亲们都会到公社供销合作社去买白布、棉花、蓝布、黑色染料粉，拿回家后，将白布染成黑布手工缝制裤子和棉袄，用蓝布缝制新衣外套，剩下的边角布料做鞋面。

大年三十晚上，一家老小纷纷用洗脸帕清洁身子（冬天较冷，农村人一般不洗澡），用热水把脚和腿洗干净，等待正月初一早饭后，穿上新衣服去赶集看戏，初二开始走亲访友。

那时的年节，少儿欢喜，却憋屈了当家的父母。穷得叮当响，却养育四五个孩子，是农村家庭的普遍现象。大人小孩每人必须添置一套新衣服，过年饭菜同样不能缺少。

在那青黄不接的艰难岁月里，社员们虽然都很穷，但是各有各的点滴优越，比如张家缺米还有剩面，李家缺面还有余米，这样，农民就可以相互借粮借钱借肉借油，来支撑过好年节，来维系渡过延续生命的难关。

农村这种借钱借物的互助行为，从来没有任何一例借后要赖不还的耻辱行为出现。可以想象他们对自我人生尊严和良好名声的坚定捍卫。

他们人穷志不穷，为了给自己和子孙后代留下最为宝贵的精神财富，昂首挺胸做人，不惜一切艰难困苦去维护诚实守信的基本人格底线。

1978 年后，中国社会发生了世界瞩目、天翻地覆的巨变。世界伟人果断翦除了悬在全世界五分之一人口头上的贫穷恶魔，让受尽苦难的华夏儿女终于盼来了天天如过年的幸福日子。

今年春节，正值举国上下共同抗击新型冠状病毒性肺炎疫情肆虐的关键时刻，人们寄予该节日的希望，或许缤纷斑斓。

老子说："天道无亲，常与善人。持正而行则与天偕行，岂有不吉之理。"

我在心里真情地期许：

愿勤奋诚实善良的中华儿女自有天相！

望我所相交相遇的新朋老友福禄呈祥！

2020 年 1 月 26 日

人才就在方寸间

　　8月25日，市政协经济委发来一份市市场监督管理局"关于邀请参加市场监管科学实验活动展演的函"的通知，内容是，该局将于8月28日上午9∶00在市食品药品检验所，开展市场监管科学实验展演的群众性科普教育活动，安排我等实地观摩学习。

　　我按部就班，如期而至。

　　挤挤挨挨的实验室、科研室、资料室、图书室、中药材及动植物蜡叶标本存放室等，紧凑地布满整个楼宇，行政类办公室却被压缩在楼房的一隅偏侧。其内设的抽样科、化学室、中药室、生测室、食品室、质量科、研究室、不良反应监测科等十余个技术科室，拥有高级精密仪器280余台套，具有中药材、中药饮片、中成药、抗生素制剂、化学药品、生化药品及食品、保健食品、化妆品、洁净区（室）环境的检验检测能力。密密麻麻的实验设备，几乎占满了各个房屋的空间，实验科研操作人员需要侧身才能进出。

　　资料显示，该所系正科级事业单位，领有博士、硕士、本科生等50余人。凭借上述人士的智慧和力量，将检验所打造成了省人民政府确定的全省食品药品五个区域性检验检测中心之一。

　　该所房屋，实诚憨厚地矗立在闹市十字路口，每天成千上万的车辆行人经由其门前匆匆来往。然而，其所有过客却全然不知这座简单得像一座乡镇老旧废弃建筑物的里面，汇聚着担负全市 760 万人民的食品药品安全责任而兢兢业业、勤恳踏实工作的高中端科技人才精英。

近年来，无论行政部门、事业单位、科研机构，还是私营企业以及其他社会组织，招引高端人才难，留住特殊人才不易，已经成为共通的社会问题。

曾几何时，全国多地省会城市先后打响了人才争夺战。在较长时间内，厮杀的战火硝烟弥漫，各地政府纷纷为引进人才给出优厚待遇的文件信息如旌旗猎猎飘扬。但是，各方使出浑身解数和看家本领的结果，大抵都难以满足部分高层次人才安营扎寨的心愿或要求。政府的一厢情愿，难遂以偿。

一座城市的人文地理区位，事业发展空间，配偶职业选择，子女就学环境，教育教学水平，居民幸福指数，政治文化氛围，经济发展占位，历史遗产传承，精神文明程度，社交圈层层次，卫生医疗条件，城市繁华度、美誉度、知名度、外来物种适应性以及常住市民素养修为等因素，或多或少地影响着外籍"金凤凰"前往筑巢乐业的忌惮。

由于体制机制等原因，该所科研人员的高等级职称评定受限，行政升迁通道狭窄，职务向上拓展渺茫，工资收入和福利待遇等鲜有特殊津贴差别，他们却照样数年抑或数十年如一日，任劳任怨、不计得失、默默无闻地扎根在这方土地上倾力奉献，为一方社会事业承载着不可替代的重要作用。

市市场监管局胡副局长尚不满足于该所取得的骄人业绩，依然给该所科研人员提出要求：要以高度的责任心和使命感，扑下身子，深入钻研，不断地创造出新的科技成果，尽心尽职竭力地把食品药品监管工作，不断推上新的台阶。

参观市食品药品检验所后，回溯那济济一堂的各类人才，突兀一个想法充入脑海，那就是："满目青山空念远，不如惜取眼前人。"

我泱泱华夏，处处山清水秀，物华天宝，人杰地灵，不得骑马找马而留下笑柄。

各个地区，五行八作，创新能力和科技进步已经成为各个领域推动社会事业发展的重要引擎和竞争优势。相应地，各类高端人才，自然而然就成了时代前行的依赖，人类进步的先声。

为了弥补当下高端人才暂时供应不足的胶鬲之困，笔者认为，发现挖掘既有人才与培养引进人才相结合，是为要务。

首先，普查摸清统计本地人才底数，分门梳理专业人才类别，给予各类人才足够的复苏温度，暖煦其结束休眠状态，匹配其获得释放智慧的良好环境，激发他们喷涌出报效社会的磅礴力量。

其次，痛下决心修正以往不适应现代专业人才职称评定标准的痼疾顽症，大凡高等级人才职称评审，一律以统一的规范标准和规则执行，概不受其所从事的职业行业和服务单位所制衡。

将有培养前途、发展潜力的准人才人士，进行差别化引导培训，采取优胜劣汰的自然竞争法则，加以取舍利用。家国危难时刻，良兵强将始终立于前哨阵地。

培育重视和尊重本地人才的浓厚氛围，以及适宜人才成长的土壤，再行招引外地人才安居乐业、为我所用的难题，势必将会迎刃而解。

2020 年 9 月 2 日夜

营造人生伊甸园

因为历史原因和地理条件，南充抓住机会融入并打造成渝双城经济圈"次极核"，将为其经济高速发展，平添腾飞的引擎力量。

现就怎样将人文文化悠久而厚重，自然资源及发展要素得天独厚，嘉陵江流域内涵和外延皆十分丰富且历史悠久的南充，建设成为人们向往和依赖的人生伊甸园，谨提以下意见和建议，敬请各位人士批评指正。

第一，因地制宜，从长计议，稳健发展，重要的是强壮我们自己。

全市规划应当一盘棋，特色与共性相融洽。根据南充各县（市区）的自身特点，因地制宜进行全市社会经济事业的发展定位，在取得已有成果和规划布局的基础上，科学统筹完善发展方案微调，匠心独具，充分挖掘自身优势，让各地各自发挥和彰显自身经济文化特色，适度效仿外部世界成功和典型的社会经济文化发展案例。避免千篇一律、同质化发展和过剩产业以及重复产能的模仿等。提炼并打造中国西部或川东北地区独特的耀眼亮点，按照各地既有的经济规划打造，又要保护好自然资源与之相映衬，把南充建设成宜居宜业，居者荣耀的一方乐土，从而安抚本土人士潜心依恋故土发展事业，守护基业，同时吸引外地人才纷至沓来，与这片山水土地和谐交融。

强壮了自己，才是能够被接纳融入成渝双城经济圈的重要因素；留得住原住居民，引得进高端人士，乃是如今发展南充的当务之急。

第二，潜心打造亲商敬商爱商环境，让经济发展如虎添翼。

市县级领导层面，对打造良好的营商环境，呕心沥血，尽心竭力，取得了明显向好的效果。然而，农耕社会传承下来的轻视经商者的思想，在人们的意识形态中，根深蒂固，难以除却。这种思潮，也包括我们企业经营者对自己也报以不屑的情绪。

此外，办事效率、处事的原则性与灵活性的把握和应用、经济秩序更加规范、政府或部门曾经设置的非法定行政许可条件的各种会议纪要，和公务函件通知等的清理、非税收费的标准、政府或部门指定三方机构收费的合理性、负面清单制度的实施等方面的改变，任重而道远。

第三，切实重视本土企业的健康发展，培育本地企业渐次增强壮大，乃是提升一方人民幸福感指数的重要因素。

任何一个地方，本土企业都是其社会事业经济发展的压舱石。本土企业，虽然体量微小，但是市场主体数量浩繁，行业多样，她却关涉一地千家万户民众的生存生活、赡老尽孝、孩子教育、文明廉耻以及社会治安稳定的刚性需要。况且，涓涓细流，可以汇成海洋。因此，重视本土企业的培育与发展，具有稳定一方社会就业、防抗经济风险能力、壮大区域经济实力、居民欣然生息繁衍等不可替代的作用。

重视本土企业的发展，往往与外来企业作为平衡与参照要件，本土企业的期盼和愿望，没有任何过分的要求，市场经济最为重要的特征就是遵循契约精神和规则公平。人们希望在同一片天空下的各种类型、各种所有制企业，无论是内资还是外来企业，其所遵从和实施的规章制度、政策措施、奖惩办法等，均应一视同仁，不宜厚此薄彼。

第四，把经济强市、文化铸魂的口号落到实处，二者共同发展，充分发挥其应有的组合效能。

一座城市，一个地区，乃至国家社稷，如果只注重经济而不重视文化，这座城郭社稷本该丰润的活力将逐渐枯竭。假设只重视文化而忽略发展经济，这座城郭社稷应有的富裕生活，将留下酸楚的清高而失去淡雅的从容。

经济与文化，宛若孔雀的肉身和羽毛，只有两者融为一体，才能展示出最为美好艳丽的彩屏。

因此，重视深挖与发掘我们祖先留下的历史文化遗产和勤劳智慧品质，以资证明我们南充儿女本来具有崇尚文化的传统基因，唤醒我们传承和弘扬文化的主动与自觉，为地方社会事业经济建设与发展尽心竭力，让物质文明和精神文明比肩同行，为推动人类进步事业走在前面的坚强后盾。从而让生长孕育在这块土地上人们的素质与修养，相较其他部落，达到卓尔不群的境界。

第五，提振信心，把握机会，克服困难，为打造成渝双城经济圈次级核贡献民营经济建设从业者的力量。

民营经济是社会事业发展的中坚力量，已为全人类所共识。

民营企业家们应宜在新时代相遇的这场经济潮流到来之际，继续充分发挥其聪明与智慧和顽强与坚韧，提振信心，增添勇气，克服前路上的重重困难，披荆斩棘，创造和把握机会，与党的方针政策同频共振，与人民的关切期待息息相应，把社会的殷殷托付转化为驱动前行能量的引擎。我们要积极投身到社会经济建设的宏伟事业中，为南充社会经济发展奉献民营企业人的绵薄力量。

2020 年 11 月 12 日上午

举重若轻

黎明的窗外，传来晨鸟清脆的叫声，将我从睡梦中唤醒。望向东方天边暗淡的熹微，逐渐变成张扬夺目的鲜红，宛若为太阳升起即将经过之履铺就的血色绒毯。微风梳过院里丛族的香樟树林，虹吸般朝着推开的轩楔拂进卧榻，夹带柔润芬芳的气息沁入心扉。

自本月18日出发前往晋中灵石景区出席摄影艺术采风活动后，紧接着再赴三苏故里参加文学创作研修学习至昨天，在外近十天的漂泊，电话、微信、邮箱等传递的公事、私事、朋友托付之事等信息，不能够隔空远程解决的问题，都预约在返程后的今天沟通协调、帮助磋商处理。

昨天（26日）傍晚，乘坐火车返回果城。黄昏的柔风轻舔汗涔涔的衣衫，金色的路灯浅照油腻腻的面庞。进入家门时，迎来由一朵菊花泡开的清茶，感受久违的惬意与温馨。

为了安慰略显疲惫的身体，相较往日，稍微提前就寝。

今朝得以按时上班，感谢小鸟挤对我平时睡到自然醒的慵懒。办公室如同每天都在使用般的整洁与干净，只是桌上多了一摞文朋寄来的书籍和一叠远方邮递的杂志。

坐定椅上，一边向友人拨打电话报告收到其馈赠的精神食粮，一边翻书端详，然后放置座位左方，便于抽空遣时拜读。摊开杂志，《鸭绿江》《青年文学家》《青海湖》《唐山文学》《大观》《人物画报》等呈现眼前，飘逸出馥郁的墨香。掀启扉页，概览目录，搜寻到自己的姓名和文章题目后，便请同事将上述刊物样本留存收藏。

部门负责人分别送来当下需要研究决策的事项，大家围在一起将方案和建议进行切磋商讨，用了约莫 20 分钟时间，迎刃而解。

商界朋友如约陆续前来，皆用铿锵有力的步伐载着笑容烂漫的俊脸，潇洒走向民营企业家协会议事室，热情地趋身向我靠近。我用和颜悦色的沧桑面孔，喜迎他们莅临。朋友们分别带来各自企业或个人面临的相关问题，在莞尔谈话中轻松解疑释惑，用时较多的是分析研判各业市场走向。

送走托我商榷事宜的几波朋友后，阅审公司近期工作任务完成情况资料时，心愉悦而眉飞扬。

近午时间，召开办公会议。

"近期工作情况已经知悉，同事们辛苦了。请党支部和工会筹备组织党群优秀员工于 6 月 30 日在恩人故乡举行中国共产党成立 100 周年庆祝活动。散会。"

开会时间之所以短，因为谋虑敏捷，处事果决做了支撑。

忙碌，几乎毫不留情地拷问个体人的精力、耐力和智力。忙碌的过程与结果，追寻团队成员之间协同工作的度量，尊重能人发挥作用的格局，坦然无私成就事业的胸怀。

人在旅途，总会相遇形形色色的纷繁事务，如若运用操心不焦心的思维模式，许会对游历尘间各色人等的生活事业起到积极的作用。因为焦心，恐让人产生消极悲观情绪，遇事抑或一筹莫展而导致人格颓废。因为操心，定会令人前去穷思竭虑，逼迫自己转动脑筋，探寻方法，权略运筹。

由此，调适良好的思绪心性，始终保持那份处变不惊的沉稳和宁静心域，坚守举重若轻的淡定与从容神态，活出自己想要的人生模样。

2021 年 6 月 27 日

立言咏志

德才兼修扛大梁

——怎样培养优秀企业家和职业经理人队伍

2008 年 7 月 31 日上午，四川省企业家和职业经理人队伍建设研究课题组在南充举行"四川省企业家和职业经理人队伍建设川东片区座谈会"。

企业家和职业经理人是推动和实现人类社会发展和经济生活向好的重要群体。培养优秀企业家和职业经理人，在选人育人用人以及制度等各个环节中，都十分重要。

一、个人修养

企业家和职业经理人应当严格自律，自觉地具备良好的职业道德、业务素质、高尚品德；不断提高企业经营管理水平和预见未来发展方向的能力；务须坚持终身学习，加强个人修养，不断充实和完善自我，树立良好的个人形象。

二、政府重视

1. 建立企业家和职业经理人信息库，加强政府与企业家的沟通和联系，了解他们的愿望和心声。

2. 设立企业家和职业经理人培训基金，根据企业家对政府贡献的财税和缴纳社会保险人员数和对社会的回报等情况，作为激励基础，可以其缴纳的财税收入中，留存一部分款项作为企业家培训教育基金，在本省、市、县（区）建立企业家培训学校，也可将其送到国内外高等学府、优秀企业中去进行短期培训、学习、观摩考察、挂职锻炼，以扩充企业家的战略眼光和素质提升。

3. 对各种所有制企业，无论其从事何种行业，根据其对国家和社会所做的贡献，平等享受政治待遇，包括政府奖金、政府津贴和特殊福利等。

4. 政府应当切实推行公平法制，科学制定具有普世可以遵循的规则来规范企业家和职业经理人的行为，建立完善的市场经济体系来权衡和考量企业家和职业经理人的价值和能力。制度和规则的公正、健全和实施，方可保障经济社会呈现企业家和职业经理人犹如万船齐发、百舸争流的景象，从而达到优胜劣汰、大浪淘沙后见金的良好局面。

5. 规范企业家和职业经理人的从业行为。集中开展警示教育活动，个别进行训诫谈话等方式，确保企业家和职业经理人健康成长。

6. 打破国企民企等所有制企业的用人界限。公开招聘、选拔国有企业职业经理人。

三、社会认同和支持

对于社会来说，中低等收入的工薪族成天想着工资增加，奖金增量，低收入和无收入者日夜要求政府提供廉价住房和生活保障资金，但他们中却有相当一部分人群对为他们提供能够将希望变成现实的企业家们抱有成见。

这种成见影响着企业家和职业经理人的成长过程。

因此，社会应当支持、理解和尊重、关爱企业家和职业经理人。企业家和职业经理人理应在德行操守、果敢智慧等方面，做好经济社会发展进步的模范标杆与榜样力量。

2008 年 7 月 31 日

三十年弹指一挥间

——在李渡中学同学聚会上的发言

我们激情相约欢聚一堂，共同回望三十年前恰同学少年时光，抒发分别后相互思念的别样情怀。

时光沉甸了我们的青春岁月，漂泊着我们同学时代的深情记忆。

三十年前，我们忍受着清贫艰苦的生活，从城镇青砖灰瓦的初级学校中脱颖而出，从偏远山村的石桌上飞将而去，汇聚在新的神圣的学堂——我们曾经向往已久的李渡中学校园学习。

在那里，我们克服了成长中的烦恼，开始追逐着新的梦想，同窗共读；我们清空了少年时期的思绪，神情专注地让老师们呕心沥血地为我们插上腾飞的翅膀，志在飞向远方。

二至三年的学习光阴，清苦而又充实、短暂而又悠长。不管您愿与不愿，离别的时日却如期地等在那里。勤奋的同学，有的踌躇满志地迈向了理想中的伊甸园，欣喜若狂；更多的学友却折戟沉沙，悲叹人生的怅惘和对前路的迷茫，嗟问着苍天，路在何方？苍天却没有给予任何的回响。

当年，作别李渡中学时，同学们虽未带走学校的一花一草，却带着老师们的嘱咐和牵挂，带着挥之不去的同学们的情谊和互相的鼓励，开始了抑或懵懂抑或有清晰目标的人生旅程。

三十年，功名路漫漫。走出校门后，我们由一棵棵苍翠欲滴的小苗，砥砺到现在，已变成了肩负起家庭和社会责任的大树，热情而奔放。

三十年，峥嵘岁月稠。步入社会中，我们从一枝枝含苞待放的青涩嫩艳的花朵，磨炼到今天，已经成为挂上枝头的硕果，沉稳而淡定。

三十年，时间涤荡着人生的铅华。此时，你们窃窃的耳语，是在唠叨分别后孤独的幽怨，叙说相遇时思念的情怀；你们的欢声笑言，是用平和的心态笑解人生的真谛，享受着世间的快乐和怡然自得的幸福。

三十年，风雨洗刷着荆棘的征程。我们人生的运行轨迹不尽相同，生活的爱好选择迥怀各异，追逐到的结果百花齐放。今天，我们都以饱满的热情在这里相聚，彼此不分贵贱，相互不言差别，我们同学中的每一员都是一颗颗平凡的星星，照着自己，照耀着家庭，假若把我们这一颗颗星星都聚合或串联在一起，我们将共同照亮着他人，照亮着社会，照亮着我们的李渡中学，永放光芒。

三十年日月轮回，道不尽同学们别后的故事；三十年岁月空茫，说不完男女同学间青涩的情愫，让我们热烈地相拥吧，用有如火山喷发般的张力，冲破曾经的腼腆而没有勇气对异性同学表意的冷漠，代之以握手言欢，无拘无束地倾吐友谊；让我们大胆地诉说吧，用像惊雷般能量洞开同学间虽如纸薄但又十分厚重的心墙，去静静地聆听类似"过了这个村，就没有这家店"之类的花言巧语，满怀豪情地说出有如"曾经沧海难为水，除却巫山不是云"之类虚无缥缈的誓言。

各位来宾们，昨天，我们相识相别在李渡中学的校园，结下了难忘的师生、同学情谊，缘分使然。

今天，我们相聚又将离别在这里，深情依恋。

明天，我们将继续背负起沉甸甸的行囊，继续匆匆地行进在人生的路上。

未来的征途中，请相互多一些问候牵挂，多一份心灵的守望，多一点再相聚的冲动和期盼。

2013 年 2 月 14 日

为经济发展迈向新辉煌

——在政协第五届南充市委员会常务委员会第十六次会议上的发言

　　政治是社会的躯体，经济是一切社会发展的血液，企业是经济发展的造血机器，企业公民是造血机器的操纵者。政府研究制定设计的经济发展方针政策和目标，需要大批仁人志士奉献自身的智慧、能力和胆略去积极实现。

　　我认为，创造一种良好的机制，调动全民创业，万众创新的信心与激情，是一个地方经济发展的当务之急。

　　一、营造一个公平良好的发展平台，让各类企业家脱颖而出，次第涌现

　　地方政府开展的一切经济建设活动，既需要外来企业给本地发展注入竞争的活力，又需要提振本土企业为一方经济可持续发展充满信心、心怀希望；既需要大企业领衔担当重任，又需要全体人民的智慧和能力的支持，更需要中小微型企业的积极参与。

　　我们期待，政府在领导社会经济发展的过程中，制定统一的规章制度，实施公平的游戏规则，让更多的大型企业在这里如虎添翼，让更多的外来企业在这里谋求发展，让更多的本土能人志士在这里积极创业，让更多的中小微企业在这里孕育、孵化、脱颖而出、成长壮大。最终达到外来企业与本土企业享受同样的阳光，和谐发展；大型企业和中小微型企业乃至有志创业者获得同样的雨露，竞相成长，从而调动社会各方力量，积极投入到一方经济建设之中，为社会创造更大的社会效益和经济效益。

二、建立健全优胜劣汰机制和扶优助强体系，给优秀企业插上腾飞的翅膀

企业经营者的能力和高层决策者们水平的高低，决定着企业经营的质量和企业发展的优劣。

企业在发展的同时，也需要政府政策支持。实际操作中，政府在落实资助和扶持企业政策时，往往向经营较为艰难的企业和擅长与政府部门协调沟通的企业倾斜，政府向其投入了扶持资金，往往见不到明显成效。这种对病弱劣质企业的支持，既增加了政府的财政负担，又伤害了良好企业的积极情感。

建议政府制定企业发展优胜劣汰政策，完善扶优助强企业实施办法。围绕企业对社会的贡献、承担的社会责任、经营出现风险时所表现出的道德责任和诚信义务的担当、企业经营状态良莠程度等方面，细化企业向社会贡献税收的额度，安置并保证就业人员工资是否按时发放，社会保险是否照章缴纳，是否遵纪守法经营，经济效益和社会效益良好与否等指标进行考核，制定奖励强者，淘汰劣者的企业发展奖惩细则。将其奖励指标运用大数据进行捕捉、管理和处理，效仿银行卡或社保卡一样，设计制作成企业奖励卡，让企业在网上即可自动获得奖励或不良记录。

由此，为良好企业给予更多更好的机会去取得更大的成功和进步，让经营能力弱、失去社会信任的劣质企业在市场竞争中完全自生自灭，在公平的发展环境下抑或成长，抑或淘汰，从而引领社会向文明进步发展，向好的方向回归和推进。

三、引导企业管理科学、量力而行，让企业持续稳健发展

去年冬季以来，某行业中介企业纷纷倒闭，部分企业折戟沉沙，给一方经济上行发展带来了一定的压力，给社会稳定带来了隐患。同时，给众多百姓带去了工作和生活的忧烦，上述事件的出现，让人们唏嘘痛心，但绝非偶然。

拜金主义思潮盛行时期，人们多了一些喧嚣和浮躁，少了一份恬静与安详。

前车之鉴，建议政府建立一种讲诚信守承诺的良好社会氛围，让企业经营者坚守诚实守信和道德良心的做人底线，坚定地奉行契约精神，把良好的名声和信誉看得比生命更重要；力克一味地追名逐利、贪大求洋，盲目地追求既不切合自身实际，也不符合区域发展的目标，从而谨防迷失自我；强化企业经营者自身学习，提高管理水平和把控市场的能力；注重科学制定决策，量力而行，稳中求进，力图让企业稳健发展。

四、鼓励良好企业积极谨慎地进入资本市场，引导广大民众对资本市场知识的了解和普及，让企业管理上档升级，让民众增强投资风险的防患意识

当前，许多企业已积极投身到资本市场的热潮之中，这样，有利于企业突破融资瓶颈和现代企业制度的建立，有利于提升企业形象，增强企业发展的动力，降低企业经营的风险。

然而，具有进入资本市场意愿的企业众多，其发展状况参差不齐，良莠杂存。特别是对 Q 板挂牌，几乎没有设定任何门槛，只要依法在工商部门登记设立、正常运作的企业，基本上都符合 Q 板挂牌的条件，Q 板也没有设定行业限制，这种低标准条件的初级板入市，往往在转板时难以达到每个企业都能够成功的愿景。

目前，少数挂牌 Q 板企业，向社会释放放大其融资功效和发展作用的信号，如同理财企业因监管缺失酿成的这壶苦酒，换上一个新坛。

因此，政府既要对拟上市企业积极支持、又要对企业实行监督，规范管理，还要对广大市民普及资本市场知识，增强投资的独立思维和判断风险的意识，以免重蹈覆辙，累生社会隐患。

五、规范企业经营者自觉注重自身形象，提升企业家队伍的整体素质

我们许多成功的企业经营者，大多历经了凤凰涅槃、破茧成蝶的艰难困苦过程，然而，少数企业经营者沉淀了一定的社会财富后，就有一种扬眉吐气、趾高气扬的虚荣心态，时常采取不同的方式向社会张扬、招摇、炫富，反而博得世人的反感和唾弃，给社会仇富增添了心理的筹码。这种尚未脱俗的生意人和商人心态，是一种将自己定格为只会赚钱而没有思想、没有品位的工具和牲口。

建议政府倡导良好的社会风气，让企业公民在积累财富的同时，更加增强自身素质的提炼和思想的修养，夹着尾巴做人，踏踏实实做事，谦虚诚恳地待人，在不断自我否定和自我肯定中完善自我，在不断进取和不断超越自我的过程中，让自己的人格得到升华；鼓励企业家们争做为社会创造财富的孺子牛和全民改变积习俗习的推手，做为社会所接受、人民所尊重的具有高尚情操和渊博的文化底蕴的企业公民。

2015 年 7 月 30 日

打造宜居宜业新南充

——南充十三五规划建议

我们南充，有着厚重的人文文化，独特的自然条件，饱含丰富的发展所需的要素资源。建设好南充，怎样建设南充，是生活和工作在南充土地上每一个人的责任。

首先，我们南充，发展优势得天独厚。

第一，南充人文文化优越而厚重。

从纵向看，先人们构建的精神文化优越，留下的历史文化厚重，传承的物质文化丰富，流传的非物质文化独特。缺乏的是挖掘，缺失的是弘扬。

从横向看，今人创作的优秀戏曲歌剧舞蹈、诗文影视，百花齐放，《燕儿窝之夜》《桐籽花开》《山杠爷》等优秀作品不胜枚举、次第呈现，更是蜚声文坛，亮丽艺术殿堂。缺乏的是激励，缺失的是渲染。

坐落于南充的大中专学校的数量和质量，都优于其他同级城市和地区。政府与学校共推城市社会经济发展、共创城市社会效益，提升城市软实力等的合作机制，不求通畅。忽视了发挥，缺失了利用。

第二，自然资源及发展要素独特。

地上，南充的天蓝、山青、水绿，大自然赋予的给养，适宜于人口居住；南充的气候宜人，空气新鲜，适合于人们学习、投资、置业和创业。缺少的是生态环境保护的发展机制，淡漠的是人们爱护南充的殷殷情愫。

地下，原油丰富，盐卤藏量超过盐城自贡。缺失的是信息没有开放，缺点是发展没有计划。

第三，嘉陵江流域内涵和外延丰富。

天赐美丽的嘉陵江予南充人民，该江流域，土地肥沃，风景如画，风光旖旎，然而，我们疏于对她装扮，心里难受至极。

其次，南充发展需要克服一系列问题和障碍。

相当长时期以来，人们急功近利，不计长远的短视发展思维明显；疏于人文素养建设，倚重物质发展的偏好分明；南充七百余万人民的勤劳智慧产物，没有得到有效发挥；南充原住民生活居住的生态环境保护，仅置于纸面文章，实施其保护的方案被漠然轻视。

第一，固化思维影响创新。

人们的思维观念非常落后，官本位意识极其浓郁，小农经济思想固守，守旧观念强烈，路径依赖严重，创新意识缺失，经济思维淡薄，法治意识被忽视，规则意识不明显；少部分人的诚信素养和教养、廉耻意识严重失守。

第二，发展定位尚欠清晰。

以前的发展产业中，优势产业不优，特色产业不特。规划的优势产业众多，特色产业宽泛，重点不突出，差别不明显；城市发展定位尚欠准确，城市发展规划脉络不甚合理，城市发展思路摇摆不定。

第三，化工产业的长远危害没有引起充分重视。

南充化学工业园区与城市居民居住区域紧密相邻，而且还布置在美丽的嘉陵江畔，与南充大美自然山水之风光截然相反，有悖于生态环境保护和发展，有碍于人们生活居住的质量。

其三，我们应当充分发挥南充区位优势，注重特色产业发展，为建设宜居宜业新南充而努力。

一棵树，只有树干挺拔，才能枝繁叶茂；一个地区，应有鲜明的特色产业为主导地位，才能更好地吸附和带动其他产业发展。

大力弘扬泛文化人居产业建设和发展，为宜居宜业城市打下良好的人文环境的坚实基础。

第一，积极为南充人民提供良好的文化、旅游、娱乐、服务活动；创造条件让南充人民在著书立说、影视创作、挥毫泼墨、挖掘南充人文文化等方面释放更多的显效成果；创建一个良好平台，吸引有志于立言、立德、立功的仁人志士在平台上怡情潇洒；大力发展和补充学校、医疗、卫生、医院、养老等与人居环境密切相关的事业企业项目。以资发挥全体市民的智慧潜力，提升全体市民的精神素养，提高全体市民的身体素质。

第二，高度重视优化产业的发展和布局，为宜居宜业新南充配上可持续发展的优质引擎。

严格管控高污染、高能耗、高投入、低效益、低科技含量的企业浸入南充，是建设好宜居宜业南充的根本保障。因此，培育和引进科技含量高、低污染、无污染行业企业，在这片土地上生根发芽开花结果。

第三，宜将嘉陵江经济走廊的立项与构建，提上议事日程，为宜居宜业新南充增加较强的吸附效应。

兰海高速公路早已使用，兰渝铁路即将投入运营，南充机场覆盖巴中、广安、遂宁，水上航运通行仅差临门一脚。

丰富和完善嘉陵江经济走廊的意义和内涵：她不仅是一条运输通道，而是全流域区域和关联、辐射区间的政治、经济、文化以及各项社会事业的大融合、大协作和大提升。

扩大嘉陵江经济走廊的外延，将水路、上述沿线公路、铁路能够通达的地区，都纳入走廊规划范围。

第四，改变我们程式的思维模式，重构城市规划和发展计划，提升发展的水平和格调。

调整南充化学工业园区入园企业结构，缩小园区规模，为宜居宜业新南充提供良好的生态环境做出根本保障。

对现有的已入园企业，加强和提升环保、安全的构建质量和等级，严格把控废水、废气、废物的排放标准。

调整园区过往的规划，缩减园区规模，重新给予园区发展定位，忍痛割掉错误的爱，剔除与宜居城市发展不相适应的行业和项目准入。

变更南充化学工业园区的名字，净化人们感观上的良好环境。一个好的名字可以愉悦我们的听觉和视觉，从而影响我们的心理环境。因此，建议将南充化学工业园区中的化学二字用其他名字来代替。

第五，优化交通网络，积极争取成都至南充的城际铁路的立项建设，为宜居宜业新南充提供高效快捷的时空保障。

南充交通发展迅速，辖区内市县区连接道路和出入境内外的高等级公路网络基本完善，通达度较为良好。建议除南泸高速公路抓紧开工建设外，暂缓争取其他高等级公路建设。

建议集中精力争取建设一条成都至南充的城际铁路，以资吸引外地居民安居乐业南充，本地人士在外地工作者，方便回巢乐居南充。

我们是祖先的后代，若建设不好祖先传承并让我们守业的南充，惘为列祖列宗的嫡系子孙；我们是后代的祖先，若在参加建设宜居宜业新南充的过程中，给后人留下了重大缺陷和后遗症，耻做后代的列祖列宗！由此，我们当砥砺奋进，去承接书写好宜居宜业南充城市的历史篇章，肩负着承先启后的历史责任和担待。

2015 年 10 月 13 日

肩负重托　业报春晖

——在南充市顺庆区企业家协会成立大会上的致辞

南充市顺庆区企业家协会，今天成立了，此举，让全区企业家们有了心灵的归宿，让全区企业家们有了精神的寄托和灵魂的安放。

借协会成立的机会，我谨提出以下建议，与大家共勉。

一、加强我们的学习，扩充我们的知识库存和远见视野，熟练地掌握现代企业管理知识，增强我们的管理能力和市场竞争能力

学习，是给予我们智慧的启迪和企业持续发展的引擎，是革新我们的思维习惯和根除我们的路径依赖的魔方，是照耀我们前行道路上最为明亮的灯塔。

我们要向书本学习，改变和增加我们的知识结构和文化底蕴；向成功人士学习，可以引领我们走向理想目标的捷径；向失败人士学习，他们的陷落，为我们设定了前方的路标，将会让我们在奋进的征程上，少走一些弯道；向世界先进理念学习，定会启迪我们的心智，让我们的思维方式，迈上新的广阔高地。

通过学习，不断地提升我们对企业管理娴熟的驾驭能力和市场竞争的核心能力，让企业在市场经济的大潮中，立于不败之地。

二、提升我们的涵养，完成我们由商人向企业家的转变，从而提升企业家队伍的整体素质，做受社会所尊重的企业公民

我们在历练卧薪尝胆地图强拼搏，含辛茹苦地追求企业发展的同时，更要坚定地承担起社会责任——遵纪用法、诚实守信、稳健踏实地做事。不生产制造销售经营假冒伪劣产品商品，不发布与产品商品特征不相符合的广告、信息；恪守信诺，勇于担负企业经营发展所带来的一切风险，从而让我们成为具有高度的社会责任感和历史责任感的真正的企业家，做为社会所接受、人民所尊重的企业公民。

我们在欣赏通过自己艰苦奋斗获得的成果，回味经过励精图治收获的喜悦的同时，更要注重自身综合素质的修养，摒弃显摆露富的恶习，鄙视趾高气扬的俗气，弘扬谦卑豁达、诚恳低调地做人的高贵品格和高尚风范；时刻反省自己，在不断自我否定和自我肯定中完善自我超越自我，做具有高尚情操和高贵修养的企业家，做推动国民素质普遍向好的模范使者，维护和提升企业家队伍的整体形象。

三、办好我们的协会，增进我们的友谊，建立健全协会的各项职能，积极开展与企业家们有着现实需要和长远意义的各种活动

南充市顺庆区企业协会，自筹备到今天的成立，受到了中共顺庆区委、区委统战部空前的、前所未有的关注和关怀，倾注了区委统战部和工商联的大量心血。今天出席会议的首届企业家协会57名会员，涵盖了辖区内所有行业中的领军人物，各种所有制企业的精英人士和相关事业单位代表人士。

首届协会会员的产生，是在全区众多优秀企业群中，先期筛选入围80余名代表人选，由区工商业联合会报送区委统战部，区委统战部广泛征求和接受全区各工业、农业园区，内资外资、各种所有制经济、一二三产业、创新科技、电子商务、银行保险、新经济等各类企业和管理部门的意见和推荐，再经过反复比对，逐一审核，抽样考察等方式，本着宁缺毋滥的原则，严把入会关口，从上述各行各业中，遴选出具有代表性的企业，作为协会拟定会员，再由区委统战部报送区委，经区委审定后，才正式成为了协会会员。

因此，能够成为协会首届会员，是区委、区政府、区委统战部、区工商联对我们为社会奉献了绵薄之力的最高奖赏，是我们的荣幸，我们每位成员，应当倍加珍惜。

南充市顺庆区企业家协会，肩负着使命和责任成立了，摆在我们面前的是一片空白，无任何东西可以承续，没有留下只言片语可以借鉴。需要我们从零开始做起，需要我们白手起家，我们立志要以艰苦创业的精神开辟一条美好的道路，干出显著业绩，回报领导赋予我们的重托和厚望；夙夜在公，勤奋耕耘，用实际行动建设好企业家的家，实现社会寄予我们的期盼。

我们一定要以协会的成立为契机，把全区所有志同道合，热爱协会，经营企业有方，企业行为的社会美誉度高，社会形象良好，品格高尚，愿为顺庆经济发展做出持续贡献的企业家们团结凝聚在一起，共同承载领导们给予我们的希望和压力之重，为地方社会事业和经济发展，做出新的努力和贡献！

我们一定要将各位领导的殷殷关怀作为我们的崇高使命和责任担当。企业家们在发展经营过程中，需要得到协会的支持，我们将责无旁贷、倾心尽力地予以帮助；企业家们对协会的要求和期望，就是我们服务和工作的内容和方向。

我们将集聚全体会员们的智慧和力量，竭尽我们的心力，建设和发展好协会事业，为全体会员提供满意的服务；建立优胜劣汰机制和动态管理规则，把协会办成一流的协会，向社会交出一份良好的答卷！

当前，全球经济仍然处在低位运行，尚未见到显性复苏的迹象，次第波及大家的企业的正常经营和发展。为了固守好我们已有的基业，为了推动一方经济向前发展，我们定当鼓足勇气，坚定信念，充满信心，为成就我们更加美好的理想和未来，从容淡定、稳健而优雅地向前迈进！

2016 年 4 月 13 日

坚守人格底线

蓉城群英荟萃，思想火花四溅。

昨夜相聚，欢腾的宴会，激情高昂。集结天府之国企业家精英人士的"兴蜀商论坛"，今天上午在蓉城，又开讲了。

来自全省各地三十余名企业家代表齐聚蓉城，在省委组织部、省委统战部、省工商联领导们的关怀下，热忱满怀，叙说衷肠。

第一，认清形势，审慎而为。

作为民营经济战线上的践行者和参与者，企业的发展与市场经济密切相关，市场经济与国事、家事、天下事，紧密相连，企业家要密切关注世界发展态势和国内经济政策走向，对社会经济发展情况，做出自己的研判，以让自己的企业在市场经济的浪潮中，纵横捭阖，左右逢源。

根据当前经济的运行形势，不弯道超车，依矩行进；不跳起摸高，稳健发展；不贪大求洋，量力而为；淡定处事，平稳过渡。

第二，洗涤尘埃，荡却铅华。

曾几何时，部分经商者获得一定的财富后，便向社会显露招摇，其为人所不齿的劣根性，换来了社会的鄙弃和仇视。

我们应当从我做起，提升素质，增加涵养，让企业经营者的辛苦劳动给予社会的奉献以及获得的财富为社会所认同，从根本上改变人们对民营企业家的看法，重塑企业家自身的社会形象。

第三，坚守人格底线，活出人生尊严。

当今社会，部分经商者的人格和道德沦丧，导致假冒伪劣产品商品层出不穷，虚假广告宣传铺天盖地，借钱度日不还且不知羞耻，严重影响着广大受众的生活。

我们应当自觉恪守诚实守信的基本道德底线，维护做人的基础要求，致敬政府将各项制度予以调适，倡导良好文明的社会氛围，从容而优雅地迈向人生的辉煌。

真正的企业家是永葆创业激情和发展活力，坚定地担负企业经营风险和社会责任的特殊的社会人群。让我们背负着沉甸甸的行囊，为梦想而努力，让奋斗永远在路上。

2016 年 8 月 6 日

开源节流应为财政主旋律

昨日，市政协主席督办提案会议，就关于加快建设我市创新驱动发展试验区为主题，我提出了自己的想法。

首先，充分利用国有闲置资产，作为创新驱动发展的孵化场地。

机关、学校、事业单位、国有企业、部分招商引资企业等单位，尚有部分房屋和用地闲置，若将其进行梳理统计，然后有机地整合，纳入创新创业孵化用房，既可减少惊人的财产浪费，又可减少新建房屋作为孵化基地的规模，科学地管好用好财政资金，政府在社会经济工作中，既要开源，也应注重节流，把节约的资金更好地为人民普遍关切的教育、医疗、扶贫助困服务。

其次，设立科技成果转化交易中心，搭建科研成果在市场中转化的良好平台。

科技成果与市场良性循环、无缝隙对接，让具有科技创新能力的大中专学校、企业和其他社会组织，研发的新产品适应市场需求；吸引国内外科研产品在交易中心，根据市场需求进行转化；具有创新成果需求的企业，在交易中心找到具有创新能力的单位或组织，委托其帮助研发上档升级产品。达到科研和市场对路，供应与需求吻合。

市场，可以解决科技成果与市场需求的矛盾，可以解决部分科研单位只求索取财政资金支持而怠于成果创新抑或可以避免创造的成果不被社会所接受的尴尬，可以有效解决科技人才的驻留；市场，让科技创新充满活力；最终，让市场成为创新驱动发展的不竭动力。

其三，建立健全孵化和培育企业一体化的政务服务、政策扶持体系，让中小微企业健康成长。

创新发展，既要提高孵化企业的孵出率，又要重视增加孵出企业的存活率；既要延长企业成长寿命，又要培育小微企业蓬勃发展、健康壮大。

由此，企业从产生到培育乃至于成长壮大，需要适宜的政务环境，公平的成长规则，同等的政策待遇。

让百舸在同一片海洋中争流，万花在同一块土地上斗艳；让众马在同一起点上同时起跑奔腾，各类企业在统一的度量衡标准下博弈发展。

2016 年 11 月 24 日

不负众望

——在南充市民营企业家协会第四届代表大会上的讲话

衷心感谢大家对我和协会新班子成员的信任和厚爱。大家选举我作为第四届南充市民营企业家协会会长，我感受到肩上负有沉甸甸的压力，同时能够为全市企业家们服务，我又深感无比荣幸。

借此机会，我谨代表班子成员提出以下几点建议，与大家共勉，敬请各位领导和各界嘉宾批评指正。

一、加强我们的学习，扩充我们的知识库存和远见视野，熟练地掌握现代企业管理知识，增强我们的管理能力和市场竞争能力以及经济的预判能力。

学习是给予我们智慧的启迪和企业持续发展的引擎，是敢于革新我们的思维习惯和根除我们的路径依赖的魔方，是照耀我们前行道路上最为明亮的灯塔。

我们要向书本学习，改变和增加我们的知识结构和文化底蕴；向成功人士学习，可以引领我们走向理想目标的决定；向失败人士学习，他们的线路为我们设定了前方的路标，将会在我们在奋进的征程上少走一些弯路；向世界先进理念学习，定会启迪我们的心智，让我们的思维方式迈向新的广阔的高地。通过学习，不断地提升我们对企业管理娴熟的驾驭能力和市场竞争的核心能力，让企业在市场经济的大潮中立于不败之地。

二、提升我们的涵养，完成我们由商人向企业家的转变，从而提升企业家队伍的整体素质，筑成社会所尊重的企业公民。我们在历经千辛万苦的磨难，卧薪尝胆的图强拼搏，含辛茹苦的追求企业发展的同时，要更坚定地承担起社会责任。遵纪用法，诚实守信，稳健踏实地做事。不生产制售，销售经营假冒伪劣产品，不发布与产品商品特征不相符合的广告信息，恪守信诺，勇于担负企业经营发展所带来的一切风险，从而让我们成为具有高度的社会责任感和历史责任感的真正的企业家，做为社会所接受、人民所尊重的企业公民。我们在欣赏通过自己艰苦奋斗获得的成果，经过励精图治收获的喜悦的同时，更要注重自身综合素质的修养，摒弃显摆露富的恶性，鄙视趾高气扬的属性，弘扬谦卑、豁达、诚恳、低调的做人的高尚品德和高尚风范，时刻反省自己，在不断自我否定和自我肯定中完善自我，超越自我。做具有高尚情操和高贵修养的企业家，做为推动国民素质普遍向好的模范使者，维护和提升民营企业家队伍的整体形象。

三、办好我们的协会，增进大家的友谊，积极开展与企业家们有着现实需要和长远意义的各种活动，市民营企业家协会在殷邦权会长的辛勤领导下，在社会历届成员的不懈贡献努力下，协会发展的风生水起。殷邦权会长对我们的谆谆教诲，让我铭记心间。借此机会，请让我们用热烈的掌声表达我们对殷邦权先生的敬意。

今天的此刻，我们恭请的各位领导和各位嘉宾，莅临会场指导让我们备受关爱和鼓舞。朋友们，我提议请大家用热烈的掌声感谢各位领导和嘉宾对我们的关心与支持。我们立志要乘领导们的关怀而奋起，弘扬协会艰苦奋斗的精神，干出显著成绩，回报领导对我们的重托和厚望。夙夜在公，勤奋经营，用实际行动建设好企业家的故乡，实现社会给予我们的期待。我们要以领导们的关怀为契机，把全市所有志同道合、热爱协会、经营企业有方，企业行为的社会美誉度高，社会形象良好，品格高尚，愿为一方经济发展做出持续贡献的企业家们团结凝聚在一起，共同存在领导们和殷会长们给予我们的希望和压力之中，为地方社会事业和发展做出努力和贡献。

我们将集聚全体会员们的智慧和力量，竭尽我们的心力发展好协会事业，为全体社会提供满意的服务，建立优胜劣汰机制和动态管理规则，把协会办成一流的协会，向社会交出一份良好的答卷。

当前，全球经济仍处在低位运行之中，尚未见到显性复苏的迹象，决策势必波及大家的企业正常经营和发展。为了固守好我们自己已有的基业，为了推动一方经济向前发展，我们应当鼓足勇气，坚定信念，充满信心，为成就我们更加美好的理想和未来，从容淡定、稳健而优雅的向前迈进。

尊敬的各位领导，各界嘉宾，南充市民营企业家协会从阳光风雨中走来，前方的路充盈着泥泞，未来任重而道远。我们热切期待你们给予协会和企业家会员朋友们持续的帮助和关怀。朋友们，南充市民营企业家协会，是我们共同的家园，发展靠大家的智慧和力量，让我们携起手来，共同建设协会美好的未来。

2016 年 12 月 20 日

帮扶非施舍　资志智并行

今天，十位企业家集聚来到汶川，为克枯乡木上村捐赠产业发展基金，感受到了藏羌回汉各族同胞世世代代和谐共处、浑然交融的美好情景，见证了饱受灾难的地方汇聚的大爱无疆。

我们带来的，虽是一缕轻鸿的薄礼，富含的却是一片浓浓的爱意，借此机会，谨向汶川同胞表达淳厚的寄语：

始终保持和发扬汶川人民吃苦耐劳、艰苦朴素的优良品德。用勤奋劳动的双手去播种幸福生活的希望。

牢固树立奋发图强，努力向上的精神力量。抓住政府给予救济，社会给予帮扶的机遇，既要用好每一笔善款，发挥出应有的作用和良好的效果，又要加强自身专业技能的培养，增强科普知识的学习与实践，痛下恒心，自强进取，把自己锤炼成种植能手、养殖大户、农业科学技师的能人，让大家用自身的智慧能力，早日除却贫困，谢绝资助，把社会大众的爱心资源，让渡给更需要关怀帮助的人们，让自己早日过上更加美好生活。

真情培养感恩社会，传递爱心的高尚情怀。通过政府和社会的帮扶资助，经过自己的艰辛努力而脱贫致富后，要回馈社会，贫穷时获得社会的温暖相助，脱贫后应积极帮扶他人，把自己由被救助者变为救助他人者，让爱心接力传递永续。

地震，虽然撕裂了汶川的大地、河流与山川，却汇聚了全世界华夏儿女向善的力量。

天佑汶川，天相吉人。让清新的空气，灿烂的阳光，永远驻留和照耀汶川各族儿女的身心；让美好的时日，幸福与快乐，永远伴随世上所有善良人们的生活。

2017 年 1 月 11 日

抑恶扬善　新闻良心

《企业家日报》作为全国企业家、企业厂长经理们唯一的，以体现企业家意志，反映企业家呼声，颂扬企业家业绩，维护企业家权益为宗旨的精神乐园和思想园地。

二十八年来，《企业家日报》真情地携手全国企业公民，共同见证了社会经济发展的峥嵘岁月，记录了企业从业群体摸爬滚打的风雨历程，心贴企业人的甘苦，情牵企业人的忧乐，深受企业人的爱戴和崇敬。

受邀参加企业家日报社举办的年会活动，兴奋之至，也对《企业家日报》的未来，充满新的期待：

用最好的溢美之词，赞颂最为出类拔萃的企业公民。因为是他们，通过艰苦卓绝的努力，把人类社会的物质文明向前推进，从而给予人们生活的便捷与舒适。

用最大的包容力量，安慰正在低谷中挣扎奋起的企业人士。因为是他们，历经磨难探索着社会经济发展规律的沟沟坎坎，从而为后来者插上了警示的路标。

用最猛厉的严苛语言，鞭挞靠官商勾结的方式获取项目，靠腐蚀银行的办法套取贷款，靠下流欺骗等手段融得社会资金，靠一切不正当的行为垒砌荣光的，不顾礼义廉耻、不遵循诚实守信底线的企业经营败类。因为是它们，玷污了企业家这高贵的职业和美好的名声，从而导致社会对企业人的鄙视与唾弃，并滋生了社会的仇富思潮。

与此同时，更希望向奋斗在社会经济建设战线上的每一位企业人士，提出以下期许：

做好企业人，讲好企业话。大凡经历过企业经营管理的人士都明白，企业经营这项艰苦而光荣的职业，是具有大智慧、大谋略、大魄力、大胸怀、大责任担当，达到超凡脱俗的境界，全靠自身的人格魅力、聚合社会资源、为社会创造财富，为人类提供美好生活的拼搏者所从事的重要的社会经济活动。因此，我们的一言一行，都要体现经理人的高尚情操，我们的所作所为，都要展示企业家的高贵素养。

办好企业事，走好企业路。企业经营管理者们，务必励精图治，奋发图强，踏实而低调地推动企业稳健发展；弘扬艰苦奋斗的创业精神，牢固树立工匠情怀，让自己的产品和企业行为，与社会事业发展相协调，与广大人民的需求相契合，与人类的文明进步同频共振；尽心竭力地报效祖国和人民，努力做到用自己的辛勤付出，换回社会的尊重和敬仰。

2017 年 1 月 27 日

因地制宜定位城乡发展规划

一、根据政协人才荟萃、智力密集的优势，建议市政协牵头设立《南充市城乡发展研究咨询委员会》，相关部门为成员，不拘一格招贤纳士，广泛汇聚社会各界英才俊杰，对南充市情县情乡情村情风土人情等基本概况进行深度调研剖析，形成翔实而极具实用价值的研究报告，提供给决策者们参考，提供给发展、规划部门相机采纳。政府采取购买研究建议成果报告的方式给予资金支持。

二、放大我们的格局，拓展我们的外延。西进成都，南向重庆，往来滇黔桂琼，已经打下了良好的发展基础。尚需联合广安、达州、万源，打开东方门户，与湖北宜昌襄阳有机对接，外出河南河北；联袂广元、巴中合璧，与北线贯通，畅通快捷西安、兰州。形成五湖四海的政治文化交流、友好合作关系、经贸往来频繁的共融互赢圈层。熟悉，天涯若比邻；陌生，咫尺如天涯。

三、站高望远，拓宽视野。目前，南充城市已经拓宽了疆域，应当重新审视、布局、调整发展规划。根据城市的自然地理状态和城市建设发展的现实状况，科学合理地修正城市规划。做到环境优先，分布明确，特优相依，归类合理。

四、弱化行政区域划片分治的旧巢，打破各自为政的栅栏阻隔，统筹南（南充市辖三区）西（西充）蓬（蓬安）一体化规划发展。

五、删繁就简、厘清主线、突出特色。不得胡子眉毛一把抓，充分认识南充主要优势与劣势。优势是生态与文化、人口众多。劣势是自然资源贫乏，外向发展渠道狭窄。建议定位为宜居宜业宜商城市，着重搞好生态环境保护和提升，教育文化医疗卫生的提高，织就四通八达的城际高铁路网。

六、发扬工匠精神，促进产业结构调整升级。做精做细做好做优产品和服务质量。稳步发展经济，即使留下空白。也要做到宁缺毋滥。比如农业，遍地开花，千疮百孔，单体企业过多过劣过滥，是农业普遍亏损的主要原因。

七、发掘沿江文化，恢复两岸历史古址遗迹。再进行烘托气氛，发扬光大。

八、提供文化内涵丰富和底蕴深厚的优质服务，重视和加大对外宣传工作力度，二者缺一不可，迫在眉睫。

以上为在市政协召开南西蓬一体化空间发展，嘉陵江流域空间战略规划专题协商会议上的发言。

2017 年 12 月 5 日

修身养德，基业长青

——在"果州企业家论坛"启动仪式上的致辞

时代的脚步铿锵地跨进了崭新的天地，涤荡着万千有志于投身社会经济事业发展的热血人士的心灵，激发出蓬勃的快意，酣畅淋漓。

美好的时光，为广大投资经营者们，带来了发展的良好机遇和百舸争流的竞争态势。

打造一支高素质的企业家队伍和职业经理人以及高级管理人才，是迎接企业发展的机遇和挑战，抗衡当今世界经济风起云涌的坚强保障。

由市民营企业家协会创办的"果州企业家论坛"应运而生，试图通过论坛形式，丰富企业经营管理者们的知识文化，增加他们稳重内敛的优雅气质，提高他们的决策能力和应变能力，达到遵章守纪、诚实守信，做备受社会尊重和人们欢迎的企业公民。这也是我们创办论坛的初衷、宗旨和目的。

"果州企业家论坛"是一方葱茂的园地。我们将定期邀请企业行为和市场行为的监督管理部门，调整和预防企业管理人员违法犯罪的司法机关，倡导、引领企业构建和谐劳动关系的人社部门，维护职工合法权益的工会组织，支持企业发展的金融机构以及商请社会各个领域的卓越人士，为全市企业家们奉献商事法律，市场运行规则，职务侵占防范知识，预防犯罪风险提示，民事行政法律法规的学习交流，和谐劳动关系建立，尊重和关爱员工的措施；无偿传递各级政府对社会经济发展制定的方针政策措施和信息。接受法律工作者以案说法地为我们讲解企业所需要的法律知识。聘请国内经济、法学、企业管理等方面的高级专家为我们进行醍醐灌顶地授课，前瞻性地指引未来经济发展走势以及为企业排忧解惑的良好方法。

"果州企业家论坛"是一个倾诉的平台。我们将应企业家们所想所需，开展全市企业家们相互交流的座谈活动，掀起全社会优秀人士创新创业的高昂热潮和亢奋激情。

"果州企业家论坛"是一场思想的盛宴。我们将遴选和鼓励成功企业家们为匍匐行进在创业道路上的人们指点迷津，分享他们在缔造基业的过程中，隐忍寂寞与苦痛和取得成功后的快乐与愉悦。

"果州企业家论坛"是企业家的俱乐部。我们将举办各种形式的企业家沙龙活动，方便企业家们聚集在一起，进行思想的碰撞与争锋，见解的交流与分享。

"果州企业家论坛"是创业者的舞台。我们将围绕社会经济建设中所涉及的政治、经济、法律、文化和现代企业管理等领域的知识，开展演讲、辩论、考试考核等活动，让经济战线上的优秀人士脱颖而出。

"果州企业家论坛"将会成为全市企业家们的长情陪伴与眷眷依恋，将会办成企业经营者在从事经济活动过程中不可或缺的一件大事。

朋友们，我们将每月举办一次"果州企业家论坛"活动，由协会会长副会长轮值主持，也欢迎社会各界人士与我们共同承办、主办、协办或冠名合作。

敬请党委政府和各部门机关以及社会各界仁人志士，为"果州企业家论坛"给予大力帮助和支持，并作为我们的坚强后盾和推动向好发展的引擎，由此，我们的美好念想方能得以根本实现。

2018 年 4 月 20 日

敢问制度创新

28 日上午，市广播电视台《阳光问政》栏目直播室的电视屏幕上，展现了部分乡镇政务服务中心缺员脱岗现象，从某种角度去理解，貌似衬射出了基层政府组织服务的制度缺陷与管理疏漏。事涉乡镇的领导纷纷表示，出现此类问题，责任在己，道歉也十分诚恳。

被安排坐在"政协委员监督席"桌牌后面的我，暗自思忖：村民办事的特点是散而杂，以及时间上具有较大的随意性，有的乡镇人口较少，一个岗位，抑或一个服务中心，不排除成天或几天都无人问津的可能；逢场节庆之日，或许会出现人满为患的现象。因此，政务服务窗口的工作人员，有时抑或整日独守空房，无所事事，又无所适从；有时抑或累得满头大汗，腰酸背痛，还会被拥挤等候办事的人群埋怨。料想窗口工作人员也应有千种愁绪，诸多无奈。

由此，即兴提出了几点建议：

第一，加强对基层服务中心的规范管理，包括办公场地干净整洁，设备设施安放有序，标志标识醒目俱全，工作人员的肢体形象优雅，服务状态良好，政策把握熟练自如。

第二，创新政务中心服务方法，可以试行多岗合并办公，设立政务中心综合服务部，统一收集乡民办事事务，进行台账式登记；按照行业归类，事务轻重缓急，统筹、协调、调度到相应的职能部门办理；再授权跟踪督促，从而达到快速办结的目的。

第三，将权力下沉到政务服务中心，简易的、程式化的，凡是与行政法律法规规定的条件进行比对，符合行政许可的事项，无须领导审批，直接由窗口工作人员办结；对复杂政务，及时传递给有权人员，限时处妥。

第四，大胆尝试建立政务审批超时默认和超时责任追究的工作机制，倒逼行政人员主动推动政务工作进程，可以有效杜绝慵懒散浮拖的现象继续蔓延、滋生。

我自信地认为，前述办法，既可以在保证便民服务的前提下，降低政务运行成本，又能让行政资源得以饱和利用，惠民便民。

2018 年 6 月 28 日

城市规划要务是尊崇文化与自然

——对南充北部新城部分片区控规及城市设计的建议与思考

对搬罾、荆溪片区的规划，暂且不说对科学创新、功能齐全、前瞻性强、起点定位高等要务。谨就以下几个方面提出拙见，敬请大家予以批评。

第一，高度重视文物史迹和有一定年限（40年以上）的建构筑物的保护，突出彰显文化置于城市中的地位和形象。

这个片区，历史建筑，文化古迹遗址较多，相关单位或部门，应宜牵头组织文史人员、建筑专家、历史文化爱好者等人士挖掘、搜集、调研拟开发片区土地上的风土人情、故事传说、历史事件、冢墓群落、古树名木和自然森林等，对照国家法律法规、人文自然风光、乡风民俗，地方特色，进行甄别分析研究，做出是否予以庇护珍惜、修葺完善、拆除重建的方案，供决策者们参考。

建议市政协引领发起设立历史文化遗产保护志愿者协会，捍卫祖先留下的辛勤劳动成果和智慧结晶。

第二，遵循山水田园的自然格局，顺势布置建构筑物以及相关功能，让自然与现代文明有机融合。

山水草木，如人身体发肤，不宜随意去挖山平沟，毁林填溪，力图保留重要的自然山川，悠远流淌的溪水沟壑，与城市风景园林绿化交融。

沿嘉陵江岸，布置湿地长廊；对自然河流进行文明治理，河岸尽量不要用砼来进行筑堤防洪，而用树木花草固土。这样，既可增加河水的自净能力，又提高绿植覆盖率，还能让环境更加美丽优化。

在规划创意设计理念中，保持主要的自然风貌，顺坡地布置建构筑物，遇洼地设置塘堰湖泊，逢山崖开凿道路，不能布置建构筑物的地方，规划绿化。

第三，力求保护和提升好搬罾镇现有形态，让城市连接小镇，让小镇融入田园，让城市、小镇、田园沁入诗意画卷。

搬罾镇的各类建构筑物、道路绿化、树木花草、山水田园、羊肠小道、田埂土坎，都应得到呵护保留，出台规定予以保护，以此为人们留下历史记忆。在现有基础上，发挥高超的智慧，把建筑文明和历史文化延续下去。我们既是祖先的后代，我们又是后代的祖先，我们要做好敬祖睦宗的孝贤和后代的模范。

第四，城市轻轨线路规划有待审慎考虑和论证研究，凡事以人性化理念思考问题为上乘。

城市轻轨的功能，主要是解决城市街面交通拥堵的压力。然而，其对土地和空间资源的占有，沿途商业盈亏和居民生活质量的影响，视觉环境的污染，城市形象的浸染等方面，世人皆知。

世界上除重庆等极个别城市无法修建地铁外，均未鼓励发展轻轨。

有鉴于此，根据果城地形地貌特征，建议将规划轻轨转为设置地铁。

2019 年 4 月 23 日

弘扬辞赋瑰宝

——在《中华辞赋》第二届高级研讨班上的发言

今次新华社教育培训基地学习，让我兴奋，兴奋的是拓宽了知识视野，增加了文化库存；当了解到袁志敏先生创办《中华辞赋》杂志的艰辛历程，令我感动，感动的是袁先生的文学情怀和作为一位企业家的无私奉献精神。

有鉴于此，我谨借此机会，谈一谈学习体会和几点建议，敬请名家大师和朋友们批评指正。

一、心得体会

本次培训，是辞赋文学创作最高层次的学习。课程安排十分紧凑，学习内容丰富全面，授课老师资深望众，豁达、智慧、渊博而谦逊。

通过学习，我认为辞赋不是孤立的文学，她是文学种类的一个类别，属于中华灿烂文化的同族。闵总编传授的"诗词歌曲赋，本是同根生"，便是最精辟的诠释。

辞赋在文学领域的各类体裁、各种形式的文章篇什、鸿鹄巨制，无所不有辞赋骈句的暗影。包含小说、散文、戏曲、戏剧、影视剧本、语言类节目台词、演讲稿等，放一首小诗，拈一段辞赋，遣一副对偶，都会增加作品的风韵，增强受众对作品的记忆，提升作品的质量，加速作品的传播，扩大作品的影响。

二、几点建议

第一，创造性地传承和弘扬中华传统文化辞赋瑰宝。如同诗歌、散文、小说等文学作品一样，辞赋不应完全拘泥于传统复古的写作风格和方法，应当向同门多艺、同宗多支、同族多元等方向发展，以期呈现多彩斑斓的辞赋景象。

我们在传承和弘扬传统文化时，既要具有古代文化的文风韵律，又要推陈出新，充分发挥现代人的聪明才智，丰富的想象能力，以资创造并留下不同时代文化的风格特征，显示人类进步的历史印痕。承前启后，继往开来。

第二，抢救性地培育辞赋创作和爱好者新人，政府高度重视关切，政策措施鼓励，财政资金纳入国家财政预算支持；教育部门写进全日制教育教学大纲学习，从小学开始开设辞赋课程，进行常识性教育，一直到大学文科增加辞赋科目选（必）修课学习或纳入读书目录；媒体舆论创造良好氛围，社会掀起学习辞赋的热潮和激情。

提升国民传统文化涵养，实现中华民族的伟大复兴，需要把民族的文化精粹发扬光大。

第三，竭诚办好中华辞赋研讨培训班，培育辞赋创作新人。培训质量稳定提高，教学内容以传统为主，引领鼓励创新；办班频率周期宜两月一次，根据教育培训难易程度，划分层次，可以分为初级、中级、高级三个层次；方法上的灵活性和方便性，以中华辞赋杂志社统揽全局，把中级培训下沉到省级，初级培训放在市县级。

第四，大力宣传《中华辞赋》杂志，把全国唯一的辞赋兼容诗歌、捧高老人培育新人的杂志，势必做到国内家喻户晓，世界华侨华人闻名知悉。因为辞赋是传统文化瑰宝，是国学精粹，杂志是展示瑰宝和精粹的载体；尽力办好《中华辞赋》杂志，把她办成文化人自愿必读、爱不释手的精神食粮。

第五，建议成立中华辞赋学会或中华诗词歌赋文化研究会，中华辞赋杂志社责无旁贷，应当挺立潮头，勇于当先。有了辞赋学会或研究会，才能将同类仁人志士聚合在一起，研习摸索交流辞赋创作经验，从而为弘扬光大中华辞赋文化的经世伟业，奉献力量。

2019 年 5 月 22 日

行善扶贫自芬芳

——在 2019 年"扶贫日"宣传活动上的发言

微风徐徐恋晚秋，暖意融融抚心房。

今天，南充市民政局在这里隆重举行 2019 年"扶贫日"宣传活动，我非常荣幸地代表南充市民营企业家协会向各位领导、各位同仁汇报协会近年来的扶贫工作开展情况，敬请批评指正。

一、教育扶贫先行，爱心圆梦学子

教育是民族的希望，青少年是祖国的未来。

扶贫先扶智，治穷必治愚。南充市民营企业家协会和会员企业积极组织、参加各种捐资助学活动，诸如引领会员参加助学行动拍卖会、金秋圆梦助学活动，向乡镇中小学学校的贫困学生捐款捐物，向生活暂处拮据的亲朋好友和企业困难员工子女以及以优异成绩考取重点大学的贫困学生捐赠书学费、生活费等 100 余万元，切实帮助了相当部分贫困学子圆上读书学习、掌握知识文化的梦想。

二、万企帮万村，精准扶贫暖民心

在"万企帮万村"的脱贫攻坚中，我们想为政府所想，急为人民所急，积极主动投入到"三大战役"中去。

脚步铿锵扶贫路，真心帮扶暖民心。

协会帮助西藏昌都市尼巴村义卖藏族同胞唯一的经济来源的山核桃，既解决了他们卖不出去的困境，又让原始深山野岭的藏族人民由此知道了四川，知道了南充，知道了四川和南充人民对他们的深情厚谊，藏族同胞们为了感谢我们民营企业家们，特别自发地编唱歌曲传唱相谢。

协会帮助蓬安县杨家镇伏岭村义卖生猪和黑山羊等家畜家禽，用真情善心，尽绵薄之力为山区人民排忧解难。

协会和会员朋友们，先后为顺庆区梵殿乡、营山县星火镇金盆村、汶川县克枯乡木上村等，捐赠资金帮扶其农业产业发展，当地党政和村民们十分感激。

协会会员企业，纷纷向贫困村捐资修桥铺路，解决了贫困村出行障碍的困难。

协会会员企业到各县（市）区贫困乡村投资发展产业，激发了一方农民发展种植养殖产业的积极性，增收而致富。

协会会员企业到乡镇设立扶贫车间，不仅就地解决了农村剩余劳动力，更解决了留守老人和儿童等社会问题。

协会会员企业赠送果树粮食种子、小鸡雏鸭、仔猪幼羊给贫困农民养殖，让农民朋友们消除了苦于无本钱投资种植养殖业的烦恼。

协会会员企业送知识、送科技、送管理、送智慧下乡，让农民朋友获得科学技术，掌握知识文化，开拓眼界视野，为他们脱贫致富，防止返贫现象的发生，打下了良好的基础。

协会和会员用钱物慰问城乡贫困居民、看望贫困家庭等事项，不胜枚举。

众多会员朋友做好事不留名，留下的，是人们对他们崇高品德的尊敬与仰望。

朋友们，扶贫攻坚任重而道远。南充市民营企业家协会将继续弘扬新时代企业家精神，展现民营企业从业者们的高尚情操和风范，与党和人民同心同德、同心同向、同心同行；富而思进，富而思源，富而思报；积极履行社会义务，担当社会责任；承载党和政府的厚爱温情，践行社会主义核心价值观，投身脱贫攻坚战场，贡献民营企业家们的力量。

全体朋友们，让我们与广大人民群众相拥一起，迈开坚实的步伐，共同实现小康，奔向富裕而努力奋斗。

2019 年 10 月 17 日

无冕之王激浊扬清
——写在记者节

记者，是一项崇高的职业，举手投足都让人们仰望；记者，是无冕之王，虽无权威但让人们尊崇。

我与记者朋友们相交以来，深为你们追求真相的执着，客观公正的态度，准确朴实的文风，甘于吃苦的精神，丰富广博的学识，宽容善良的情怀和崇尚真善美、鞭挞假丑恶的凛然正义而折服。

南充市民营企业家协会与你们结缘以来，为你们情系协会工作的点滴付出对外宣传、关注会员们的冷暖凉热客观报道而感动；为你们推进党和政府支持民营经济健康发展的大政方针落到实处连篇累牍地传播、期许民营企业的营商环境日益向好鼓呼并用而钦佩。

你们用笔尖记录时光走廊上发生的一段段故事梗概，你们用镜头捕捉当今社会律动人类进步的一厢厢斑斓瞬间，你们用摄像留下未来回忆的过往云烟，深深地刻下人类发展进程的清晰印痕，将我辈路过这个时代的足迹身影，给子孙后代留下了可资回望备查的全息资料，令人动容。

社会需要文明行为规范，企业渴求诚信经营环境。

亲爱的记者朋友们，在人们追逐伟大梦想的时代，世界潮流风云际会，社会变革沧海桑田，人类发展生机盎然。

然而，在社会事业蓬勃发展的形势下，却有一缕与社会物质文明和精神文明建设不相协调的音符，那就是极少数人恬不知耻地制售假冒伪劣产品，合作交易过程中对诚实守信的原则公然践踏，事先寻求救助借钱而借后不还的人性丧失。他们过着不以为耻反以为荣地遭人唾弃鄙视的生活，却在人前人后洋洋得意，他们在蛀蚀着社会良好的道德风尚。

更有甚者，个别有权人员为了个人利益，铤而走险地将权力寻租，鼎力帮助老赖逃脱债务等，丑恶的灵魂吸附在上述人格丧失者的身上，沆瀣一气，严重损害党和政府在正直人民心中的形象。

激浊扬清，以笔为剑，揭露真相，维护正义，坚持正确的舆论导向，加大媒体监督力度，是广大群众的心声翼盼和迫切愿望。

未来，精彩纷呈，更需要你们涤荡沉疴。因此，为了公平正义、惩恶扬善，任重而道远。

2019 年 11 月 8 日

扶贫助学暖童心

——在六一儿童节慰问营山县兰武村适龄儿童捐赠书物仪式上的致辞

　　受到杨涛先生被派任兰武村第一书记时，发挥他卓越才华和智慧，充分调适和调动各方人士的积极性，在兰武村扶贫攻坚行动中取得骄人事迹的感动；受到罗亮书记手握兰武村扶贫接力棒后，带领一班人马，继续奋勇向前奔跑，巩固和扩充小康成果的鼓舞，我们萌生了一个想法，民营企业家们应当为该村做些什么呢？那就是扶贫先扶智，用知识改变命运。因此，在六一国际儿童节到来之际，我们选择向该村全体儿童赠送书籍（中国古代四大名著）、书包等物品，以期启迪孩子们读书学习的良好兴趣，养成刻苦积累知识文化的目的。

　　今天，在这繁花似锦、甘雨送爽的初夏时刻，我们满怀喜悦的心情相逢在兰武村，与你们共同庆祝六一国际儿童节。值此，我谨代表南充市民营企业家协会全体成员，向辛勤耕耘、默默育人的学校老师们，表示诚挚的感谢！向含辛茹苦、哺育儿女成长的家长朋友，表达崇高的敬意！向各位少年儿童致以节日的慰问和祝贺！

　　教育是民族的希望，儿童是祖国的未来。我们南充市民营企业家协会，素有崇尚教育、乐善好施、热心公益的良善素养。我们时刻都牵念和关注教育事业的兴衰荣辱与发展瞻望。

　　我们以坚定地承担社会责任为己任，带着对祖国花朵的深深情怀，带来了由南充市优秀民营企业家们亲笔签字赠言的书籍、书包等学习用品，捐赠给你们，希望孩子们能够理解和领会民营企业家叔叔阿姨们的良苦用心。

同学们，我们出生在怎样的家庭，谁都无法选择，但是，我们应当拥有怎样的人生未来，概由我们自己决定，那就是读书改变命运。因此，我们要奋发图强，勤学苦读，学有所成，立志成才，为将来更好地报效家国，谱写人生的辉煌，做好充分的准备。

作为出生在偏远农村贫困家庭的我，深切地知道，父母对每一个孩子都寄予了改变命运的希望。天下耕读最为本，希望我们农村孩子，从小就要培养吃苦耐劳、勤奋好学、追求卓越的不屈精神；具备出众的才华，树立为人类进步，为社会事业繁荣富强，倾情奉献自己的知识智慧和毕生精力的目标理想。

2020 年 5 月 31 日

涓涓清流充盈心房

——南充市辞赋学会成立大会暨《西部赋文》文艺网开通仪式上致辞

学会第一届会员代表大会，选举我为南充市辞赋学会主席，选举朱兴弟、朱涛等同志为副主席，我们都倍感肩上沉甸甸的责任和压力。

我们的压力，来自在座人士对我们的鼎力支持与我们的能力是否足够支撑起你们对我们的殷殷期盼，来自社会抑或不冷不热地对我们的睥睨凝望。

朋友们，学会从创建开始，就致力于躬耕辞赋诗文和文化艺术创研教学等活动，试图囊括文学艺术中最为高雅而绚丽的文学体裁。她将要求堆砌文字与拨弄艺器的脑力劳动者，屏息尘世的浮躁，皈依思绪的宁静，心无旁骛地运用匠心的独妙，诚惶诚恐地拼接文章创意的系列技术绝活，摸爬滚打地前去推开文化艺术殿堂中那扇虚掩的小窗。

借此机会，请允许我在这里，谈谈就怎样打理好文化艺术类学会的肤浅想法，敬请大家批评与斧正。

一、作品是学会立于文学尊位的基石。我们将竭尽全力，为诗、词、辞、歌、赋、曲、艺、文章、名句、楹联、格言、警句等文学体裁的创作者，搭建通透灵秀的良好平台，激发大家运用天赋异禀的文学才华，妙手著写旷美华丽的文章篇什，从而代为提升人民群众对文化艺术的熏陶、热爱与把持。

二、活动是学会凝聚人心的载体。我们将以各种不同的形式与主题，密集而持续地开展各种内涵的诗文采风活动，为文艺创作、摄影、摄像、书法、书画、刻勒、吟哦、朗诵、演艺、传唱等艺术大师，提供优质的题材和脚本，打磨出更加美轮美奂的各类艺术佳品，以资向广大人民捧奉出津津乐道的艺术飨宴。

三、胸怀是学会发展壮大的重要因素。我们将以博大的胸襟，宽广的包容，无际的海涵，发现、挖掘并兜揽文化艺术界真正的写作高手，不务虚名的实力大咖，用辞赋，用诗歌，用散文，用小说，用一切可以表达自己心声、心情、心念、心愿的各种文学体裁和艺术语言，道行精深地抒写大好河山的钟灵毓秀，记载各个阶层优秀儿女的风雨历程，描述各个行业翘楚卧薪尝胆的磨砺坚忍。用文学艺术的手法，留下大家走过这个时代每个节点上所呈现深深浅浅的印痕，从而让脍炙人口的作品不断涌现。

四、与人为善是学会风清气正的保障。文人相亲互敬而不相轻排异，帮助后进追赶先进，学习优秀而不妒忌贤能，摈弃自以为是者并鄙视奴颜婢膝之流。文人就要活得灵魂深处的高贵与典雅，做到修为境界的淡定与从容，选择群类交往四面八方道行操守坦荡的朋友，栖居良木支垫自身先天不足的高度。趋前奔赴榜样的后尘，染就一身芬芳馥郁的铅味气息，并让澄澈的涓涓清流，充盈泛动涟漪的心房。

嘉陵江潭沱碧水，盘绕蜿蜒，温柔默默地滋润着这片沃田肥土，成就了这方人文涵养的实诚和厚重，沉淀了人们智慧的聪颖与浩睿；生养出灿若星辰的风云人物纷纷载上了史册，汇集悠悠的历史文化奔腾不息、源远流长。

翻查典籍，记载着我们列祖列宗通过代代次第接力，已经将这块土地推衍成为物质文明和精神文明的膏腴肥脂。我们晚生后辈，为了守护和弘扬祖先璀璨的历史文明和耀眼的文化遗产，不敢须臾慵懒怠慢继承祖先依钵的虔诚意志与拳拳心力。

我们将充分利用全体志同道合者，以舍我其谁的聪明才华和智慧力量，参与社会在丰富精神文明和建设后现代文明的过程中，贡献一份绵薄之力。告慰自己，行进在人生旅程上，做出让后代子孙，懵懂地知道他们的祖先也就是我们，在这个时代留下了哪些可以让他们传承的记忆，值得他们去回味，去充实他们茶余饭后的闲谈资源。

昨夜，网上搜索相关辞赋学会名称，我省和全省二十一个市地州，好像皆未成立辞赋学会。我们南充，似乎开创了全省各市地州成立辞赋学会的先河。再输入"辞赋学会"关键字进行搜索，全国各地成立的辞赋学会，却寥寥无几。由此，让我惊出了一身大汗，我们今次之举，无疑将成为社会关注的热点，或许还会成为其他地区辞赋诗文和文化艺术创作者言谈的焦点。

因畏惧而奋勇，沉下心来，细细思量，怎样开局工作，归结起来，总括提纲，留待大家献智出力而完善充实和丰满内容。

第一，广大会员朋友们的意愿和想法，就是我们服务的宗旨和工作的方向。这需要全体成员务必以主人翁身份肩负学会的兴衰荣辱与得失成败。

第二，每月组织一至二个文艺创研活动主题。各种活动推陈出新，分解众人口味，实行菜单式服务，由会员们根据自己的喜好，自主选择活动的参与。

第三，竭力撰写与挖掘本地文化艺术资源，铸造各个城市各个乡镇村的文化灵魂，将其以文学的方式向更加广泛的社会传播，提升故乡城市的知晓度和美誉度。这需要管理城市的人们的大力支持与厚爱。

第四，把握与创造机会，打造本地某一特色文化之都，某个文艺之城，抑或艺术之乡。这需要政府与社会各方实质性重视，我们倾情鼓动与呼唤以及承接委托服务。

第五，勤力办好《西部赋文》网刊，立足本地，誓让本地和全国各地文化艺术大家的文墨在该刊上尽展风流的魅力与倜傥的潇洒。

尊敬的各位嘉宾，会员朋友们，开弓没有回头箭，起步也许会遇艰辛，未来征程迢迢，任重而道远。你们的支持就是我们前行的引擎，希冀我们全体会员不辱自己的初衷，不负社会的期望，不耽历史的托付，殚精竭虑地做好自己想做的事。挥毫写好文章，泼墨绘就彩图，以资回报社会对我们的期待。

2020年9月19日

文化是人生软实力

——在《拾起一座城市的灵魂》新书发布会上的致辞

在这温暖宜人的仲秋时节，你们踏着绵绵淫雨落湿的泥泞，来到这里，汇聚一堂，鼎力支持相助、指导、围观拙著《拾起一座城市的灵魂》新书首发仪式，让我十分感动，借此机会，我谨向你们致以崇高的敬意。

朋友们，我是一名企业经营管理者，在商海里泛舟，载沉载浮的时光中，练就了宠辱不惊、从容淡定的人生心态；在尘世间拼搏，筚路蓝缕的岁月里，固化了兵来将挡、水来土掩的轻松习性；在历经漫漫长路、风雨兼程的旅途中，我始终认为，知识是增强人与人融洽沟通的能力，文化是支撑企业稳健发展的引擎。

因此，在自如应对纷繁复杂、忙忙碌碌的工作之余，便充分利用东零西碎的时间，专心涉猎各种文化知识；就这样日积月累，让灵魂受到不计其数的洗涤，变得通透且澄澈；在追逐梦想的道路上，时常把耳闻目睹和所感所悟记录成文；就这样周而复始，让生活的遇见留下清晰的印痕，丰富而精彩。

由于自身修为，为人处事，首先必须照顾他人的感受。在写作时，与读者进行换位思考。首先，力避冗长，智者说，浪费别人的时间就等于犯罪。我不会去做那样的蠢事。由此，我写文章时，力求做到文字简明精练；其次，惜语留白，给予读者更多的想象空间，请读者在阅读时进行文章的再创作，让读者沿着作者的思绪，进行跨越时空的想象。

　　2013 年的深秋，我生日之际，远在外地学习，未能与父母团聚，夜不能寐。深宵提笔，一气呵成写下了《我在城里牧放，爹娘依然守望家乡》的文章，放在微信朋友圈里，一夜之间，催发了无数人士的泪泉。因为感情真挚。

　　2016 年暑期的一天，回乡看望父母，因为饱吸蔬菜瓜叶树木的芬芳气息，午间没有睡意，漫步欣赏院里景致，随意写就《我家的竹》，引起了从那个时代走过来的部分人们的共鸣。部分学校把她纳入了校编教辅教材。因为经历铭心。

　　2018 年夏季的一个深夜，回溯少年时期结缘的友人而难以入眠，披衣拙写《陋室墨染书香浓》，唤醒了人们疼痛的记忆。因为友谊无隙。

　　经常有朋友问我，作为一个时间匆忙的企业家，而且身兼社会多项需要自己亲力亲为的脑力劳动，哪里有时间来写作呢。我回答：职责所在，爱好所倚，情怀所致。

　　卢子贵先生概括地说，《拾起一座城市的灵魂》集亲情、友情、爱情、恩情、风情、真情，涵括事业、经济、建筑、生活、世态、人生，涉猎社会演化、城乡蜕变、贫富异同、异国历史、文化教育、形态意识、人文风情等各个领域，用散文的文学体裁记录生活的点点滴滴。今天呈现给你们，敬请大家批评指正。

　　接下来，以诗歌形式表达自己内心世界深处情愫的《你是我的刚刚好》和《遇见你正恰好时》等书籍，将由中国文联出版社在近期出版。敬请大家一如既往地支持、指教和围观。

　　在这里，我要真诚致谢南充市文联党组书记、常务副主席李永平先生，他多次鼓励我将文章束纳成集，予以出版；感谢四川省原工商联副主席、现省政府参事室参事谢光大先生，他引领我走向更为高雅的文学艺术殿堂；感谢西华师范大学何希凡教授，他认真将我书稿阅悉后，欣然作序写跋；感谢四川省散文学会会长杨剑冰先生，他审阅了我的书籍样本后，帮我联系我素昧平生的著名作家卢子贵先生、何开四先生为我系列书籍作序；感谢南充市文联副主席、南充市摄影家协会主席、新华文轩南充书城总经理龚志勇先生，是他和他的团队们近几天没日没夜的辛勤付出，才有今天亮靓光华的新书发布会会场；感谢一直以来点赞支持我的社会各界朋友，你们的鼓励是我写诗作文的不竭动力；感谢满堂来宾，你们抽出宝贵时间莅临新书发布会现场的热情支持。

2020 年 10 月 16 日

文学清流常润心间

—— 在《文学百花苑》第五届全国征文大奖赛颁奖典礼大
会上的致辞

来自华夏各地具有共同情怀的文学艺术界新朋友，女士们、先生们，我们皆因收到一笺饱含温馨爱意，充满似水柔情的邀请函，从五湖四海飞奔向这里，参加《文学百花苑》第五届全国征文大奖赛颁奖典礼大会，心情分外激动。

此刻，我与摆弄文字魔方表达灵魂深处最真最实的心路历程，运用文字符号状描凡尘之中人与自然交融场景和记录人类繁衍生息与文明进步活动的各位名家大咖，欢聚一堂，给予了我深情向你们学习的良好机会。

从今往后，我将以资更加激发生命的蓬勃动力，振奋完善追逐事业的热情与信心。务实稳健地经营企业，永葆正直淳朴的品性；勤奋而潇洒地文学写作，为社会和人民而讴歌。

从物质文明穿过崇高精神境界的高岗垄岭和宽阔地带，疏朗利落地进入文学艺术的神圣殿堂，浸润于圣洁纯净的澄泉清流之中，与你们寻求最大交集而感染文化底蕴的渊博与厚重，让善良与美好、高雅与淡定、豁达与包容常驻心间。

借此机会，衷心祝愿文学百花苑越办越好！诚挚祝福全体文朋诗友，各位来宾，以及我人生旅程中相遇和相知遇的所有朋友，美好的生活更加精彩，绚丽的事业再创辉煌！

2021 年 4 月 24 日

30 年沧桑磨砺 散文风景瑰丽多彩

正月的天府，新年的氛围，气象万千；正月的成都，文艺的春潮，涌动热浪。

值此新年佳节来临之际，各路精英荟萃、群贤毕至，欢聚一堂，共同庆祝四川省散文学会成立三十周年华诞。

回顾四川省散文学会的曾经，几代仁人志士倾情演绎而绽放的花朵，稳健呵护结下的果实，鲜艳而壮硕。感念党关怀指引文艺事业发展的殷殷之情，我们畅想和笃定在未来文学路上，创造出散文作品瑰丽而多姿多彩的大美风景，心情无比激动和兴奋。

30 年来，四川省散文学会走过了原荒，涉过了山川，迈出了荆棘，展现在神圣的文学殿堂，宛若耀眼的星星在银河闪亮。

2022 年，我们将承前启后。希冀广大会员朋友们紧密团结起来，弘扬正道，努力营造文人相亲、互学互鉴、天朗气清的良好文学生态和干净的创作环境，锻造新时代德艺双馨的散文创作的中坚力量，培育人才辈出的时代新秀。在培根铸魂上展现新担当，在守正创新上实现新作为，在明德修身上焕发新风貌。

2022 年，我们将翻开四川省散文学会历史的新页，除了阅读经典，更要思索生活与时代，寻找创作的源泉和力量，保持初心，力求创作艺术高雅，文学质量上乘。

2022 年，我们与时代同行。竭诚为人民放歌，鼓励广大散文作家创作出有道德、有筋骨、有温度的好作品，书写新时代的精彩篇章，展示中国散文新气象。

2022 年，我们将继往开来。创新发展文艺，弘扬优秀传统文化达到新境界，向着人类最先进的前方注目，向着人类精神世界的最深处探寻，向着新时代中国人民创造美好生活的最生动处开掘，踏平荆棘成大道，创作出丰富多样的中国故事，树立最优美的中国形象，弹奏最悦耳的中国旋律。

尊敬的各位来宾，亲爱的朋友们，请让我们团结一切可以团结的力量，同心协力地把四川散文事业推向新的高度。

朋友们，请为我们即将到来的辉煌未来干杯！

2022 年 1 月 16 日

市场是文学艺术流畅发展的引擎

——在四川省工商联·川商诗书画院第一次院务会议上的发言

活动是我们川商诗书画院增加院内人士凝聚力的载体，采风是诗书画院推出我们文学艺术家们创作成果的源泉，研讨是诗书画院提升艺术水准、弘扬匠心精神的引擎，论坛，是诗书画院丰富理论水平的重要方法。

借此机会，我想提几点建议，敬请各位批评指正。

第一，凡是采风、研讨、论坛等活动的组织，一律向社会公开招标，前提是不给一分钱或者设置底线给诗书画院多少费用的前提下进行招标。我们将来组织的一切活动，不需要任何人出资金，因为我们的艺术家们是靠超凡智慧创作高端文艺作品吃饭，不会跟谁乞讨，这是我的看法。

第二，希望每年举办几次全国性诗书画文学艺术大奖赛，既然是诗书画院，每年举办诗歌、书法、书画大赛各一次，可以扩大我们川商诗书画院对外的知晓度、知名度和提升我们川商诗书画院的社会影响力。同样地，这些活动，都向社会公开招标，没有挣不到钱办不成事的，只是自己想不想去挣钱来办事。

第三，建立文化艺术市场，我们用脑力劳动创造艺术产品的文化人，市场是把自己的艺术成果转化为资本的一个重要载体。怎样去转化，我们要建立文化艺术市场，这个市场可以依托具有文化艺术市场平台的会员单位。依托，不是依附，依托平台是减少一些前期投资，直接在被依托者已有的平台进行线上线下销售、拍卖、义卖作品。拍卖是我们从市场上获取资金后，再组织实施我们的活动，义卖则是我们参与慈善事业的时候，把艺术家们自愿捐赠的艺术作品，向社会义卖，义卖所得款项，反馈给慈善事业。

第四，感谢四川省工商联在筹建川商诗书画院的时候，把诗加进去，可能省联已经掌握到了我们民营企业家们里面，也有许多文学爱好者和文学创作者。

文学和艺术本身是一家，欣赏画的时候，我们可以根据画的意境来作诗，阅读诗的时候，我们可以根据诗的含义来绘画；同时，诗是书法的源泉，书法是诗的表现形式之一。因此，诗书画是相互依存，相互融合的。此举，体现了诗书画院筹办者们与主办人士的睿智和英明。

我们作为从事民营经济发展建设的企业界人士，在辛勤劳作而追求物质文明获得安放的时候，也在寻觅精神文明的寄托。十分有幸，川商诗书画院这个平台，就是对夜以继日、风雨兼程地逐鹿物质文明和精神文明者的收抚与慰藉。

第五，关于川商诗书画院的社会定位问题，我认为，一定要像其他社会组织一样，建立具有法定代表人资格的川商诗书画院。怎样去建立，谨建议，以省工商联为主管单位，以省商会为主办单位，报民政部门批准，作为隶属省商会旗下的直属社团组织，便于川商诗书画院向社会开展工作。

最后，介绍一下自己，我名叫彭小平，出身卑微，从事的行业低等；时间打发得忽而特立，忽而孤独。内心深处，作为经常吟诵下里巴人者，一直饱含与高歌阳春白雪们和弦同台共唱的那种情愫，且单向地暧昧得难以释怀。

长期在耕读之间转换徘徊，经营企业和信手拙文两者，乐此不疲。

过往，由于生活相依，筚路蓝缕、夙兴夜寐地创立基业，行进在坎坎坷坷、悠悠荡荡的旅途上，从容淡定地享受其过程中的痛苦与快乐。

现在，因为情怀所至，设立了四川前村文化传媒集团，随思所想、由心所愿地做自己爱做的事。拓宽视野，放大格局，聚合社会各界德才兼备、志同道合、横溢才华、充满实现自己人生价值的力量源泉的人士一起，共同告竣梦想的目标，延伸生活的长度，支垫人生的高度，活出生命的质量。

2022 年 3 月 30 日

怀揣五车腹笥　放飞青春梦想

——在"稳经济大盘"南充市助力大学生就业创业政策宣讲暨税费服务站授牌活动上的致辞

　　今天，南充市助力大学生就业创业政策宣讲暨税费服务站授牌仪式，在西华师范大学商学院隆重举行，这是国家税务总局南充市税务局组织、偕同相关部门，引领南充市民营企业家协会和民营企业家代表走进高校校园，向在校学生以及行将走向社会的毕业生们宣讲就业创业政策、普及税法知识、传输就业创业经验，让同学们及时形成纳税意识，初步了解社会，启发探询就业创业途径等方面，提供暖心贴心的服务，给同学们创造事业带来了照亮前程的指路明灯。同时，也为当前社会事业发展，稳住经济大盘，促进经济增长，奉献税务人的智慧才华和独特创举。我和学院师生的心情一样，对市税务局等单位表示由衷的谢意。

　　我作为一位民营经济战线上的社会主义事业建设参与者和时代发展变化的见证者以及记录者，此刻，与同学们在一起，顿觉卸下了岁月的沧桑，拾起了过往的芳华，心里充满了轻狂的激情。借此机会，谨向全体同学胡诌以下寄语，敬请列位来宾、各位老师和同学们批评、指正与共勉。

一、勇于踔厉奋发，促成青春绽放耀眼的光芒

　　十余载春夏秋冬，你们轻轻浅浅地迈过冷暖凉热，长成了参天大树；十多年寒往暑来，你们悠悠荡荡地泛游书海，装满了五车腹笥。今天，你

们已经束纳好离别校园的行囊，整装待发；明天，你们将背负沉甸甸的责任，投身到人类文明、社会进步的伟大事业中。期待你们在人生的新征程上，运用渊博的学识、激发青春的力量，生龙活虎地创造社会价值、追求自己的目标理想，让人生轨迹熠熠闪亮。

二、新时代呼唤新青年，新青年当有新思想和新作为

菩提本无树，明镜亦非台。

社会是一方五彩缤纷的池塘，鱼龙蛇虾在池塘里共同生长。无论你的个人情绪是否喜好与憎恶，现实依然在那里。

初涉尘凡，期冀你们练就理性思考、独立操守的能力；具备格物而后知致，尊崇高贵的道德良知，坚守做人的原则底线，树立正确的世界观、价值观和人生观。把个人的理想追求融入党和国家的宏图大业之中，到祖国最需要的地方去就业创业干事业。

三、厚植家国情怀，慎重选择职业行业，革新图强，永葆青春之灿烂底色

日月不肯迟，四时相催迫。

作家柳青曾经说过："人生的道路虽然漫长，但关键处就那么几步，特别是当人年轻的时候。"

你们开始步入人生驰骋疆场、转轨在第二条步道上，我们不随波逐流、随俗浮沉，要始终保持过去在学习历程中夙夜不懈、孜孜以求、时不我待的忘我精神，勤奋工作、稳健发展，早日成就自己想要的幸福生活。

同学们，在这里，我诚挚地欢迎并邀请你们，积极投入到为民营经济发展建设的队伍中来，为我们注进新的知识、新鲜血液、新生力量。虽然将会付出成倍的艰辛和努力，但是，奋斗人的未来，总是惬意和美好的。

业无高卑自当坚，男儿有求安得闲。

衷心祝愿各位同学们，在各自选择的行业、职业生涯中，为自己、为

社会、为家国，坚定理想信念，提振信心，踏踏实实地工作，步步为营地向前发展，勇于担当责任，恪守匠心精神，做出应有的贡献和辉煌的业绩。让青春的激情，涤荡心灵到永远。

2022 年 6 月 10 日